U0083655

中國語言文字研究輯刊

二一編

許學仁 主編

第16冊

《廣韻》音讀研究

趙 庸 著

花木蘭文化事業有限公司

國家圖書館出版品預行編目資料

《廣韻》音讀研究／趙庸 著 -- 初版 -- 新北市：花木蘭文化
事業有限公司，2021〔民 110〕
目 4+154 面；21×29.7 公分
（中國語言文字研究輯刊 二一編；第 16 冊）
ISBN 978-986-518-669-2（精裝）
1. 廣韻 2. 語音學 3. 研究考訂
802.08   110012608

中國語言文字研究輯刊
二一編　　第十六冊　　　　　　　ISBN：978-986-518-669-2

《廣韻》音讀研究

作　　者　趙庸
主　　編　許學仁
總 編 輯　杜潔祥
副總編輯　楊嘉樂
編　　輯　許郁翎、張雅淋、潘玟靜　美術編輯　陳逸婷
出　　版　花木蘭文化事業有限公司
發 行 人　高小娟
聯絡地址　235 新北市中和區中安街七二號十三樓
　　　　　電話：02-2923-1455 ／傳真：02-2923-1452
網　　址　http://www.huamulan.tw 信箱 service@huamulans.com
印　　刷　普羅文化出版廣告事業
初　　版　2021 年 9 月
全書字數　120606 字
定　　價　二一編 18 冊（精裝）　台幣 54,000 元　　版權所有 · 請勿翻印

《廣韻》音讀研究

趙庸 著

作者簡介

趙庸，2000 年入浙江大學求學，2009 年畢業，獲博士學位。現為華東師範大學中國語言文學系副教授。主要研究領域為漢語語音史。曾在《中國語文》《方言》《語文研究》《語言科學》《語言研究》等刊物發表論文。主持國家社科、教育部人文社科、上海社科規劃、高校古委會等項目。多次獲丁邦新語言學獎、上海青年語言學者優秀論文獎。入選上海市浦江人才計劃。

提　要

　　第一章討論《廣韻》「又音某」中「某」字異讀的取音傾向。《廣韻》用直音字作又音時，該直音字往往又有異讀，這類現象影響辨音的清晰程度。分析又音字異讀的全部 285 條用例，可以看出「某」字的七類取音傾向。

　　第二章對《廣韻》不入正切音系的又音進行釋讀。《廣韻》一書有 43 條又音在正切音系中找不到相應的聲韻調配合。這些又音切語基本無誤，來源大多是繼承《切韻》系前書，有明顯異質性的非常少。又音與正切音系不完全吻合的現象主要起因於唇音不分開合口、混切和混韻。這些又音是《切韻》系韻書層累式增加的結果，反映出實際語音及其音變情況，至《廣韻》仍不入正切音系則說明《切韻》系韻書正切音系的保守性。

　　第三章對《廣韻》與實際收音處音切不一致的又音進行釋讀。《廣韻》一書有 44 條字例，所注又音本身符合《廣韻》音系，但在對應處找不到該字，這些字幾乎均在另處見收。這些又音有的切語用字或直音字有誤，有的混切、混韻、混開合、混等，還有的屬於異源音切。這些又音並非摘自古籍舊音，它們來源於當時的實際語音。

　　第四章對《廣韻》正切未收的又音進行釋讀。《廣韻》一書有 233 處字下又音，在正切另處沒有相應的收字。除去很小一部分是文獻校勘錯誤造成的假性又音外，其他多有文獻來源，並非編修者隨意增加。有些正切不收字是因為又音透露起因於漢字分化或用字問題的形音關係，有些是因為編修者於字音有所取捨，正切處有意不收。

　　第五章對《廣韻》注文所含直音注音進行釋讀。《廣韻》注文中有 94 處對注文用字進行直音注音。這些注音或可補《廣韻》正切收音之缺，或可補《廣韻》字頭收字之缺，或可提示中古字形關係，或可反映混韻現象。注音字的選取無對應被注音字所有讀音的要求，音注蓋多有文獻來源。這些直音注音不單反映中古語音，還於形、義有所揭示。

　　第六章對《廣韻》疑難讀音和假性異讀進行考釋。《廣韻》有一些字反切和聲符讀音之間無法建立聯繫，字音由來難解。通過考釋具體音例，可發現疑難讀音的產生或因字形草書楷化，或因偏旁筆畫減省，或因漢字混用，或因誤參《說文》，或因語流音變等。《廣韻》有些異讀關係是由俗字參與而衍生的，屬於假性異讀。這類現象的本質是同形字本自有不同的讀音，所以嚴格來說，異讀關係不能成立。

　　第七章討論漢語首次長元音高化鏈移引起的《廣韻》異讀。前中古期，漢語經歷首次長元音高化鏈移，上古歌魚侯幽部受規則作用，經分化、合併，變入中古歌麻模魚虞侯豪肴尤幽韻，在韻書中表現為異讀。這批異讀或者來自上古同部異音，或者來自上古同部同音。前一類異讀需區分主體層、超前層、滯後層，後一類魚部麻三魚異讀反映擴散式音變。

上海市浦江人才計劃項目
（2020PJC040）

目次

第一章 《廣韻》「又音某」中「某」字異讀的取音傾向

又音可以幫助我們理解韻書音系。又音出注主要有兩種形式，一為反切又音，如：「籠」又力懂切、「些」楚音蘇箇切，一為直音字又音，如：「烘」又音紅、「邨」亦音村、「詳」本音祥、「俛」今音免、「卬」《說文》音卿、「昧」王肅音妹等。從漢字注音發展史的角度看，反切注音的發明、運用反映了人們對漢字音節結構理解的不斷深入，析一字音以反切上字和反切下字的方法科學運用聲韻配合關係，比直音進步，韻書注音似當體現這一發展趨勢。

然而，考察《切韻》系韻書，我們發現情況恰巧相反，又音的出注後代韻書較前代韻書明顯增廣直音的使用。這一變化以《唐韻》為轉捩點，《唐韻》之前的韻書甚少使用直音字又音，如宋跋本《王仁昫刊謬補缺切韻》，又音共2450條，其中直音字又音僅25條。《唐韻》變革傳統的注音方式，又音注以反切之餘還兼用直音，《廣韻》在承襲《唐韻》的基礎上又將大量的反切又音改造成直音字又音，4000餘條又音中，直音字又音多達1440條。《唐韻》《廣韻》等韻書的「反祖」注音方式當首先是出於避免反切模糊性的考慮，畢竟拼讀是反切注音難以回避的一大難題，以至於韻書的編寫者不斷對反切研究、改造，以期拼切能更合乎唇吻，《廣韻》更是在書末附上「雙聲疊韻法」，以示拼讀門徑。

　　直音字又音確實易識易讀，尤其是只有唯一音讀的直音字，編撰者棄反切用直音，明顯有「便讀」的考慮。但是直音字可能有異讀，如「鷚，渠幽切，又音繆」，「繆」字《廣韻》共四讀：莫浮切、武彪切、靡幼切、莫六切，「又音繆」具體指哪個音還是哪幾個音，一時不好判斷。另如「柞，在各切，又音作」，《廣韻》「作」字三收：臧祚切、則個切、則落切，「柞」字到底又讀什麼音，很難直觀地看出。編撰者為何要改用這樣不明朗的音切，頗令人費解。《唐韻》《廣韻》對又音注音方式的改動既有目的，按理就不會僅為簡省而影響辨音，況且在字書發展已比較成熟的中晚唐至宋代，韻書作為工具書的功用要求很高，清晰地標記語音是十分重要的。

　　為探得前人改動音注的動機，瞭解韻書內部的音注關聯，我們以《廣韻》為考察對象，共檢得直音字有異讀的又音 285 條，發現《廣韻》「又音某」中「某」字異讀的若干條取音傾向，從中也可略見《廣韻》音注的來源。現姑舉述如次，敬請方家教正。

　　本章涉及到的《切韻》系韻書主要有敦煌韻書寫卷 S.2683（切一）、S.2055（切二）、S.2071（切三）、P.2011（王一），裴務齊正字本《刊謬補缺切韻》（王二），宋跋本《王仁昫刊謬補缺切韻》（王三），蔣藏本孫愐《唐韻》，澤存堂本《廣韻》。

一、又音沿《切韻》系韻書

　　《廣韻》是《切韻》累增而成的刊定本，雖然反切、分韻、收字、紐次等都與陸法言原書及傳本不完全相同，不過音系仍是一致的，因此，自然有很多又音是沿《切韻》系韻書而來的。《廣韻》中很多直音字又音，無論直音字在前代《切韻》系韻書裡就是多音字，還是《廣韻》增加了音切遂成為多音字，直音所指仍是前代韻書反切又音的那個音。遇到這種情況，翻檢一下前書，就可以溯到源頭了。

　　　　元韻　　蕃，附袁切，茂也，息也，滋也。又音藩。

　　按：「藩」「蕃」《切三》同紐於甫煩反；《王三》同紐於附袁反及甫煩反，《廣韻》同。藩，《廣韻》附袁切下另注「又音翻」，又音翻即又音孚袁切，故《廣韻》「藩」字實三音。然核孚袁切，但錄「翻」「轓」等十字，無「藩」字，《集韻》亦未見。「藩」之音「翻」蓋因經傳蒙「轓」字通訓得音，《周禮・春

官・巾車》「漆車藩蔽」句注:「藩,今時小車,漆席以為之。」「藩」「轓」通假字(余迺永 2000:621)。《廣韻》繼《切韻》音系「藩」「蕃」同紐二收於附袁反及甫煩反下,雖「藩」字另採「轓」字音讀,然不以為正音,不於孚袁切「翻」「轓」下出字,故附袁切「蕃」之注「又音藩」當指「甫煩切」,而非孚袁切。

　　　　刪韻　鯿,布還切,魚名。又音編。

　　按:「編」慣有布玄、卑連、方典三音,《切三》《王一》《王三》《廣韻》均如是。「鯿」即「鰟」,《廣韻》仙韻卑連切「鯿」字注:「上同(鰟)。」《爾雅・釋魚》「魴」字郭注:「江東呼魴魚為鯿。」《山海經・海內北經》「大鰟居海中」,郭注云:「鰟即魴魚也。」《說文》:「鰟又從扁。」均可證「鰟」「鯿」同字。鰟,慣收於《切韻》系韻書卑連反/切,如《切三》《王一》《王三》《廣韻》。鯿,《廣韻》始收,見於刪韻布還切、仙韻卑連切。《廣韻》以卑連切「鰟」字為本音本字,故刪韻布還切「鯿」字之「又音編」互見仙韻卑連切,即直音所取從《切韻》系韻書「鰟」字音切。

　　　　庚韻　鐺,楚庚切,俗。本音當。

　　按:當,《廣韻》二見,都郎切,又丁浪切,丁浪切為《唐韻》始收,《廣韻》承之。鐺,《切韻》系韻書二收:出字於都郎反下,與「當」同紐,訓「鋃鐺」,如《切三》《王一》《王二》《王三》;又寄於楚庚反「鎗鼎」義「鎗」字注,《王一》《王三》注言:「(鎗)俗作鐺。」《王二》曰:「(鎗)俗鐺,非。」《廣韻》始出「鐺」字於楚庚切「鎗」字下,注「俗,本音當」。《廣韻》著「俗」「本」二字以現「鐺」之楚庚切為「鎗鼎」義之俗借字,都郎切為「鋃鐺」義之本字。此又音所指沿《切韻》系韻書。

二、又音見於《說文》

　　《說文》一書影響很大,後世以之為範,唐代字樣學興盛,更是頻頻稱引。箋注本一類的《切韻》,新增案語大都依據《說文》,隨後的增字加訓本《切韻》《王韻》《唐韻》陸續增廣,辨析形義外,還進一步注意與字音的溝通,及至《廣韻》,參錄《說文》的地方更多,且大都體現了《說文》傳本中漢字形音義三者的統一。

　　　　真韻　嗔,昌真切,上同(瞋)。本又音填。

按：「塡」字《廣韻》四音：陟鄰切、徒年切、陟刃切、堂練切。《廣韻》真韻昌真切上下依次列「瞋」「嗔」「謓」字。瞋：「怒也，《說文》曰：『張目也。』又作嗔。」謓：「亦上同，《說文》：『恚也。』」「瞋」「謓」音同，義略同，遂為或體，「嗔」因「謓」字形旁變通而亦同。嗔，《王三》始見，未出字，僅附於徒賢反「𨍏」字注：「車聲，亦嗔作（按：「嗔作」二字當乙正）。」徒賢反即徒年切，《廣韻》先韻徒年切下並收「塡」「嗔」，「嗔」注云：「《說文》曰『盛氣也』。」（《說文》詳注又言「振旅嗔嗔」）音義合《王三》「𨍏」字注。如是，《廣韻》真韻昌真切、先韻徒年切之「嗔」字為同形字。《廣韻》昌真切「嗔」字所注「又音塡」前冠一「本」字，以示昌真切與本義無關，本義當從《說文》，故「本又音塡」同《說文》大徐音，為待年切。

　　　　止韻　仔，即里切，《說文》：「克也。」<u>本又音茲</u>。

按：又音茲即《說文》大徐子之切。七之韻「茲」紐下正互見。茲，《廣韻》又音疾之切。

　　　　有韻　珋，力久切，石之有光，璧珋也。<u>《說文》本音留</u>。

按：《廣韻》「留」，尤韻力求切，又宥韻力救切。《說文》「留」「珋」同音力求切。《廣韻》有韻力久切「珋」字引《說文》音，又於尤韻力求切出「瑠」字以互見。「瑠」「珋」同字，《玉篇》：「珋，音留，亦作珋」下有「瑠」字，曰「同上」，足證。

　　　　遇韻　赴，芳遇切，僵也。<u>《說文》音蔔</u>。

按：《廣韻》二十五德蒲北切下互見「赴」，同紐正有「蔔」。考《說文》，蔔，大徐音蒲北切，赴，許慎讀若蔔，大徐注朋北切。蒲北切即朋北切。《廣韻》承錄之跡甚明。蔔，《廣韻》一屋韻房六切另收。

三、又音見於《釋文》

陸德明《經典釋文》是漢魏六朝至唐初群經音義的總匯，收集的音注多達230多家。《廣韻》音切參考它的很多，不少引《爾雅》《周禮》《春秋左氏傳》等經書義訓的地方，相應的又音很可能都是據《經典釋文》收的。

　　　　之韻　菑，側持切，《說文》曰：「不耕田也。」《爾雅》曰：「田

　　一歲曰菑。」<u>又音栽</u>。

按：「栽」字《廣韻》二音：祖才切、昨代切。「菑」字另見於祖才切「菑」

字注：「上同（𢆰），亦作蓄，見經典。」「蓄」為「蓄」之誤字。《說文》云：「蓄或省艸。」大徐音側詞切，《切二》《切三》《王一》《王二》皆但錄省文，音側持反，然無又反。檢《〈爾雅〉釋文》（29／30.6）〔註1〕，云：「（蓄）側基反，孫音災。」《〈毛詩〉釋文》（7／7.22）、《〈周禮〉釋文》（8／31.9）、《〈禮記〉釋文》（14／7.11）、《〈春秋左氏〉釋文》（18／13.20）、《〈莊子〉釋文》（26／13.4）「蓄」注均僅出一音，音災。《廣韻》增音蓋從《釋文》，又避忌「災」字而改注「栽」。《釋文》「災」音則才反（《〈孝經〉釋文》23／4.12），「栽」可與「災」同音，如《〈禮記〉釋文》（14／2.14）「故栽」條注：「依注音災，將才反」。將才反即則才反即祖才切。《廣韻》「蓄」注「又音災」即又音祖才切。

　　唐韻　魟，古郎切，魚名，《爾雅》云：「大貝。」本杭、沆二音。

　　按：「沆」字《廣韻》有異切，唐韻胡郎切，蕩韻胡朗切。「杭」《廣韻》唯有「胡郎切」一音，而言「本杭、沆二音」，則此處「杭」「沆」必不同音，即知又音「沆」取胡朗切無疑。魟，《廣韻》三收，古郎切、胡郎切出字，胡朗切附於「蚢」字注：「貝大如車輞，《爾雅》作魟。」「魟」通「蚢」，郭璞《江賦》「紫蚢如渠」句注：「《爾雅》曰『大貝如蚢』。」《集韻》「魟」「蚢」或體重出，亦證。「魟」蒙「蚢」有胡朗切之音。古郎反「魟」字，《切三》無，《王韻》各本注「又胡郎反」，《說文》云「（魟）讀若岡」，大徐據音古郎切，足見《廣韻》所注又音未承《切韻》系韻書及《說文》。《〈爾雅〉釋文》（30／18.13）「魟」字注以「謝戶郎反，郭胡黨反」二音為首。戶郎反即胡郎切，胡黨反即胡朗切，《廣韻》「本杭、沆二音」蓋從《釋文》。

　　厚韻　蔀，普後切，小席。又音部。

　　按：部，《廣韻》見收於姥韻裴古切、厚韻蒲口切。蔀，《切韻》系韻書僅普厚反一讀，即《廣韻》普後切。《周易》「豐其蔀」句，《釋文》（2／21.4）注「蔀音部」，為首音。《〈周易〉釋文》（2／33.16）「步口反」，無又音。《〈春秋左氏〉釋文》（16／23.17）云：「步口反，又普口反。」步口反即蒲口切，即《廣韻》「部」字厚韻之音。《廣韻》另收「蔀」於蒲口切下，互見增注之「又音部」，

〔註1〕29／30.6表示「蓄」字在通志堂本《經典釋文》第29卷、第30頁、第6行，後文類此。

同《釋文》音。

　　　　寘韻　鯷，是義切，魚名，重千斤，郭璞云：鮧之別名。又音
　　提、音是。

　　按：《廣韻》「提」字二音：支韻是支切，齊韻杜奚切；「是」字音紙韻承紙切。寘韻是義反「鯷」字音注，《王二》作「又音是」，《王三》作「又徒奚反」，又徒奚反即又杜奚反，然齊韻《王三》無字，《切三》亦無字。《〈爾雅〉釋文》（30／16.18）「鯷」音「提」，僅一音。《廣韻》又音提與之同，即《王三》之「又徒奚反」。《廣韻》「又音是」襲《王二》。

　　　　葉韻　欇，書涉切，《爾雅》「欇，虎欒」，郭璞云：「今虎豆，
　　纏蔓林樹而生莢，有毛刺。」又音涉。

　　按：《廣韻》「涉」字二收，時攝切，又丁愜切。「欇」字又音涉即又時攝切，為前代韻書所無，《廣韻》增注且互見。考《〈爾雅〉釋文》（30／11.10）已有此音，音注但云：「郭音涉」。

四、不取直音字的姓名、官名、地名、語氣詞等專讀音

　　有的字音是姓名、官名、地名等專名讀音，有的語氣詞用字也有專門讀音。如果《廣韻》用的直音字有這類專讀音的又音時，則不取專讀之音，而取常用讀音。如某音除專名、語氣詞等外還有其他普通的義項，則不視作專讀音。

　　　　養韻　上，時掌切，登也，升也。又音尚。

　　按：「尚」字二收。時亮切注云：「庶幾，亦高尚，又飾也，曾也，加也，佐也……又姓」。「上」字正互見於此紐。「尚」字又市羊切注：「尚書，官名。又時仗切。」《廣韻》以官名音為專讀，專讀專用，不為又音所取。

　　　　御韻　藷，常恕切，諸蓂。又音諸。

　　按：《切二》《切三》《王一》《王三》「藷」「諸」同紐，魚韻章魚反，合《說文》，《廣韻》承之。「藷」入御韻常恕反，《唐韻》始見。《廣韻》於常恕切增注直音字又音，以示章魚、常恕二切之先後。又麻韻正奢切新出「諸」字，姓也，與「藷」字音切絕無關聯。《廣韻》固無直音字音姓之專讀者。

　　　　御韻　淤，依倨切，濁水中泥也。又音於。

　　按：又音於即又音央居切，央居切並見「淤」「於」二字。「於」另收於哀都切下，注云：「古作於戲，今作嗚呼。」語氣詞之音讀無關又音，故又音於不

混於哀都切。

效韻　覺，古孝切，睡覺。又音角。

按：又音角即又音古岳切。古岳切「角」字，《廣韻》統前代韻書注，有所增，並引《說文》，蓋以之為本音。故增收「角里先生，漢時四皓名」之盧谷切，效韻「覺」字仍襲《唐韻》注「又音角」。《王韻》各本悉注「又古學反」，《唐韻》更注當以簡明，《廣韻》固不取人名之專讀，故而不避用異讀有專讀音之直音字，「又音角」承錄《唐韻》。

五、據習見音義取音

注音的目的是便於識讀，如果以僻字僻音作注，就起不到應有的作用。所以，文獻注音歷來都是趨熟避生的，《廣韻》也如此。如果直音字是個多音字，《廣韻》又音所指通常是該字最常見的讀音；如果該字有幾個意義，相關的幾個讀音都很常見，又音則取音義相較最常用者。

齊韻　黁，人兮切，有骨醢也。又音泥。

按：泥，《廣韻》二音，齊韻奴低切釋義首出「水和土也」，霽韻奴計切作「滯陷不通，語云致遠恐泥」。「泥」字齊韻音義平常，所領紐末正見「黁」字。《切三》《王三》「黁」字小注均係「又奴兮反」於「人兮反」之後。「又奴兮反」即「又音泥」。《廣韻》更注直音。

唐韻　洸，烏光切，水名。又音光。

按：「光」二見於《廣韻》：唐韻古黃切，義訓三，首訓「明也」，又宕韻古曠切，訓「上色」。《說文》：「光，明也，从火在人上，光明意也。」是「光」字本義。《王三》「光」但見唐韻古皇反，訓「明」。晚出韻書增收去聲讀，《王二》宕韻姑曠反下收字，訓「飾」，《唐韻》宕韻古曠反下「光」字小注「上色，又古黃反，加」，足見去聲讀為派生音義，不如平聲習見。《王三》烏光反下「洸」尚注「水名，又古皇反」，《王二》已作「洸，水名，又音光」，《廣韻》承。《切三》《王一》《王三》唐韻古皇反均有「洸」字，古皇反同古黃切，為「光」之習見音讀。《廣韻》「洸」字於古黃、烏光切又音互見。

虞韻　蒟，俱雨切，蒟醬，出蜀，其葉似桑，實似椹。又音句。

按：句，《廣韻》四見：侯韻「句留，又句龍」義，遇韻「章句」義，候韻「句當，又姓」義，虞韻「冤句，縣名」義。「句」字《切三》又求于、俱付二

反,《王二》又求俱反、俱付反,《王三》又求于、俱付二反,皆又入虞、遇二韻。《廣韻》未襲反切注音,自創直音。「章句」音義習見,「又音句」即此。遇韻九遇切「句」字下正見「蒟」字,注云「又音矩」,與俱雨切兩兩互見。

六、兼取直音字異讀

　　早期的《切韻》傳本基本一字一音,《切三》開始增多又音。《廣韻》以前的韻書一般又音只收一個,用反切注明。《廣韻》增廣收音,且注意又音互見,一字又音或二或三或四(個別字前代韻書就並出幾個又音),如果仍一一注以反切,則嫌繁瑣,《廣韻》注一字兼概數音,可見被注字與直音字的同音關係。

　　　　耕韻　憕,宅耕切,失志皃。又音澄。

　　按:又音澄即又庚韻直庚切、蒸韻直陵切。《廣韻》「憕」「澄」於二切均同紐,如《王二》《王三》。「憕」字耕韻為新出音切,又音如是注,簡括。

　　　　軫韻　嗔,余忍切,大笑。又音衍。

　　按:又音衍即獮韻以淺切、線韻于線切。《切三》《王三》獮韻無「嗔」字。《廣韻》增音,加注如是。

　　　　養韻　㽞,許雨切,不久也。又音向。

　　按:向,諸韻書二收,式亮切,又許亮切。此二切均收有「㽞」字。

　　　　映韻　誡,於敬切,早知也。又音快。

　　按:「誡」「快」同紐於養韻於兩切、漾韻於亮切。於兩切「快」字新出,注:「又於亮切」。「又音快」亦新加,總二音。

　　　　勘韻　醰,徒紺切,酒味不長。又音譚。

　　按:譚,《廣韻》覃韻徒含切、感韻徒感切二見。「醰」字《王二》始錄,覃韻徒含反,又勘韻徒紺反。《王三》承,亦收此二音。《唐韻》徒紺反注云:「又音談。」乃覃、談合韻。《廣韻》新收感韻徒感反一音,遂「醰」字三音平、上、去相承,平、上聲正與「譚」字同紐。徒紺反下《廣韻》將《唐韻》「又音談」更注作「又音譚」,是以籠統言之,以順「醰」字感韻增音之變。

七、據俗字義取音

　　六朝至隋,俗字大量產生,正俗字往往並行而用。唐代雖經正字運動,民間用字仍是偽俗滿紙。五代社會動蕩,政局分裂,俗字的流佈復又興盛。宋代

版刻之前，正俗字一直處於分庭抗禮的局面。有宋一代俗字的民間基礎依然牢固，字書、韻書裡正俗字互注的現象應運而生。《廣韻》是規範語音文字的官韻，用俗字為正字作注又音的方法簡潔明瞭，還暗含對正俗字的辨析，可謂一舉兩得。這點可以資比俗書字典《龍龕手鏡》。《龍龕手鏡》有「俗字以正字注音」的體例（張涌泉 1999：103）。兩書雖在注釋和被注釋的關係上相背，但反映的都是當時的文字運用現象，都是合於時宜的。

清韻　鎣，余傾切，采鐵。<u>又音瑩</u>。

按：瑩，《廣韻》二收，一見於庚韻永兵切，釋作：「玉色，《詩》云『充耳秀瑩』。」一見於徑韻烏定切，次於「鎣」字下，「鎣」注云：「鎣飾也。」「瑩」注曰：「上同」。《王一》烏定反下注：「鎣飾，或作瑩。瑩，玉光，非鎣飾字。」足見「鎣」「瑩」本各字，「鎣」脫筆作「瑩」，習非成是，遂為正俗字。《廣韻》以「瑩」注「鎣」之又音，是於「鎣飾」義溝通二字正俗關係，永兵切「瑩」字與「鎣」無關，故又音瑩不得音永兵切。

末韻　筈，苦栝切，箭筈。<u>又音栝</u>。

按：栝，《切韻》系韻書失見。《廣韻》錄《說文》「炊竈木」義，他玷切，又於古活切下出字，注曰：「上同（檜），見《書》。」「昏」隸變作「舌」，昏、舌聲字同形，遂多混為同字，「栝」「栝」即此類，《禹貢》「檜」作「栝」，可證《廣韻》「檜」下之「栝」實為「栝」。又「炊竈木」義「栝」字，《說文》大徐云：「當從昏省乃得聲。」段玉裁按：「徐說非也。栝姡銛等字皆從丙聲。丙見谷部，轉寫訛為舌音。」亦可證「炊竈木」義「栝」字與「栝」本無關。《廣韻》如《唐韻》，不問「栝」字（即「栝」字）聲旁與歸韻之不諧，從俗，收字如是。《廣韻》又古活切同紐互見「筈」字，注云：「箭筈，受弦處。」「筈」字《說文》未見，《切韻》系韻書收，觀其形義，蓋後起。考段注，「栝」下引《說文》：「一曰矢栝，檃（《說文》作築）弦處。」並注：「經傳多用括（按：括、栝混於扌、木），他書亦用筈。」「栝」「栝」「筈」三字混已久矣。又音栝，或體出注是也。「栝」字另有之「炊竈木」義與「筈」字無關，故另音之他玷切非「又音栝」之所指。

藥韻　勺，之若切，挹取也，又周公樂名。<u>又音杓</u>。

按：《廣韻》「杓」字四收：甫姚、撫招二切，北斗杓星；市若切，杯杓；都歷切，柄末橫木。章母藥韻「勺」字《切三》《王二》《王三》《唐韻》訓「周

公樂名」，未收「挹取也」義，《廣韻》據《說文》加。《說文》曰：「勺，挹取也，象形，中有實，與包同意。之若切。」體用溷。段氏補冠「所以」二字，極是。則「挹取也」同《廣韻》市若切另收之「《周禮》梓人為飲器」義。然二切有章、禪之分。段注云：「（勺）當依《考工記》上灼反，《中庸》市若反，《篇》《韻》時灼、市若切。大徐之若切，非也。今俗語猶時灼切。」大徐出是切蓋因未審其時南音清濁。《廣韻》之若切「挹取也」當併入市若切。市若切有「杓」字，注曰：「杯杓。」「勺」「杓」於「杯杓」義為正俗字。《玉篇》：「勺，飲器也，十勺為升，亦作杓。」《集韻》：「杓，挹酌器，通作勺。」均可證。又考大徐「杓」字注：「今俗作市若切，以為栖杓之杓。」足見「勺」字「飲器」義固音禪母，借「杓」為俗，上說不誤。又音杓不混於另三切者，俗字注正字據義定聲之故。

八、小　結

以上是《廣韻》「又音某」中「某」字異讀七條主要的取音傾向。考慮到《切韻》系韻書多有殘缺，缺損相對較少的《王一》《王二》《王三》及與《廣韻》音注有直接繼承關係的《唐韻》於去入二聲保存最為完整，因此，我們以去入二聲為樣本（範圍同蔣藏本《唐韻》，去聲自未韻「扶沸反」一紐始），對二聲中「某」字異讀的直音字又音全部用例共 85 條進行分類統計：

1. 又音沿《切韻》系韻書	55（35）
2. 又音見於《說文》	4
3. 又音見於《釋文》	3
4. 不取直音字的姓名、官名、地名、語氣詞等專讀音	10
5. 據習見音義取音	6
6. 兼取直音字異讀	4
7. 據俗字義取音	3
總　計	85

部分用例可能不單反映一項傾向，我們取該用例中最重要的傾向參與統計。第一類共 55 條，其中有 35 條的「又音某」注同《唐韻》。從以上統計可以看出，《廣韻》「又音某」的主體是對《切韻》系韻書音注的重新表述，對原有音系是繼承而非改變，可算是新瓶裝舊酒；同時又吸收《說文》《釋文》等文獻音注，以實踐「廣《切韻》」之題旨；此外，《廣韻》還注意注音方法和技

巧的完善，又音不取專讀音、據習見音義取音和兼取異讀等傾向都是簡化音注而又不損傷注音清晰度的有益嘗試，據俗字義取音則力行了時代的課題。

第二章 《廣韻》不入正切音系之又音釋疑

　　中古韻書注音常於正切〔註1〕後出又音，如「蝀」，德紅切，又音董；「涷」，德紅切，又都貢切。對此，我們最容易產生的理解是，所注又音是該字的另一種讀法，在另處應該可以找到，如同今天的字典、詞典，如《現代漢語詞典》dòng「恫」下注「另見 tōng」，讀者正可以在 tōng 處找到該字。這是字典、詞典編寫體例的基本要求，也體現了字典、詞典對語音認識的內部一致性。不過，中古韻書多有不符此規者，此處所注又音往往不在彼處見字，如《廣韻》東韻敕中切「沖」字注「又音蟲」，東韻直弓切下並無「沖」字。此類現象蓋古人疏忽，若作寬容解，古人編書或許根本不考慮此類呼應，似也無可厚非。但是，我們在梳理《廣韻》音注時發現，有43處又音，如果根據切語的音韻地位進行嚴格檢索，不但另處未見字，甚至《廣韻》的正切音系中根本就不存在這樣的聲韻調配合，如「儳」，楚鑒切處注「又食陷切」，《廣韻》正切音系陷韻無船母。此類現象頗令人費解，這43條又音是誤注呢，還是另有來源，或者是其他原因。經過對43條又音進行逐一分析，我們得出六點認識，試解答上述疑惑。

〔註1〕本書將每紐首字下出注該紐音讀的音切稱為正切，由這些切語讀音構成的語音系統稱為正切音系。

一、又音切語基本無誤

面對 43 條不入《廣韻》正切音系的又音，我們首先質疑了又音音注切語的正確性。經考校，我們發現從校勘角度講，幾乎所有又音都沒有問題。有誤的僅兩例。

> 腫韻　樅，職勇切。上同。又且勇切。

按：又且勇切，《廣韻》腫韻無清母，腫韻已有之隴切「腫」紐，職勇切與之重出。《切三》無「樅」字及職勇一紐。《王三》《王二》「樅」字作「且勇反」，無職勇反之音。《韻鏡》「樅」字列腫韻清母。「樅」亦作「祿」、「祕」，《方言》卷四：「襌，陳楚江淮之間謂之祕。」郭音錯勇反，《廣雅·釋器》：「袑、祕、襜，幝也。」曹憲音七勇反。錯勇反、七勇反並同且勇切。《廣韻》「樅」字音職勇切，誤，應讀又反之且勇切。蓋既誤作職勇，遂又據前書音切增注。

> 鑑韻　儳，楚鑑切。雜言。又食（倉）陷切。

按：又食陷切，陷韻為二等韻，例無船母。《禮記·曲禮上》「毋儳言」，《釋文》：「徐仕鑑反，又蒼鑑反，又蒼陷反，暫也。」以陷、鑑合韻論，《切韻》系韻書與《釋文》若合符契，《王二》作「又士陷反」，猶「徐仕鑑反」，《王一》《唐韻》作「又倉陷反」，猶「蒼鑑反」、「蒼陷反」。是故據《釋文》上字「蒼」，可知《廣韻》「食」當為「倉」之誤。「又倉陷切」乃清初類隔。

二、又音多承《切韻》系前書

自《切韻》成書至《廣韻》刊行，歷時四百餘年，其間層累式地增注了不少又切，大部分都由《廣韻》繼承了下來。同時，《廣韻》也力圖「增廣」，只是從相對數量上來說不在多數。此次 43 條又音也是這樣的情況。又音音注始見於《廣韻》的有「椏膠浜從趾批魘嚙跛黿韶魃讋苗苺擂」16 條，其中「膠浜魘韶擂」5 字前書無字，為《廣韻》新收。另外 27 條都是承《切韻》系前書的。

又音承者取「蜎」、「箒」、「喙」、「謫」為例。

> 先韻　蜎，烏玄切。蜎蠉。又毆泫切。

按：又毆泫切，《王一》《王三》「又甌泫反」，同，《廣韻》銑韻合口無影母。《爾雅·釋魚》「蜎」，《釋文》：「郭狂兗反，《字林》一全反又一奐反。蟲貌也。一曰蟲也。」《字林》二反屬仙 A 類韻，《廣韻》二反屬先韻，均平上相承，為平行音切，仙 A、先韻音極近，既有《字林》二反，《廣韻》二切當

不誤。《廣韻》「又甌泛切」承《王韻》，雖無另見，亦知可安。

養韻　簳，即兩切。剖竹未去節也。又秦杖切。

按：又秦杖切，P.4917、《切三》、《王一》、《王三》、《王二》「又秦丈反」，同。《廣韻》並《切三》《王三》《王二》養韻無從母。

廢韻　喙，口喙。許穢切。又昌芮切。

按：又昌芮切，《王二》同。《廣韻》祭韻合口無昌母。

麥韻　謫，陟革切。責也。又丈厄切。

按：又丈厄切，《切三》《王一》《王三》《王二》《唐韻》同，（《王一》「丈厄」誤作「大尼」）P.5531「又丈革反」，音同。《左傳·桓公十八年》「公謫之」，《釋文》：「直革反，責也。王又丁革反。」《廣雅·釋詁一》「謫」字曹憲音「徒革反」，直革反、徒革反即丈厄切，丁革反即陟革切，唯徒革、丁革二反為類隔切語。「謫」字麥韻二音一作知母一作澄母，不誤。《切三》《王三》《王二》《唐韻》麥韻無澄母，《廣韻》亦然。

又音增者取「膠」、「跐」、「批」、「齔」、「䶷」為例。

肴韻　膠，力嘲切。謎語云錢。又力絞切。

按：《切韻》系韻書肴、巧韻均無此字。《廣韻》注「謎語云錢」，《集韻》注「廋語謂錢曰膠」，既為隱語，不入字書可安。《廣韻》新收字，音讀平上相承。

紙韻　跐，雌氏切。蹋也。又阻買切。

按：又阻買切，《廣韻》蟹韻無莊母。《切三》、《王三》、《王二》、P.2014均無又反，此新加。

紙韻　批，將此切。捽也。又子禮、側買二切。

薺韻　批，子禮切。殺也。又側買切。

按：《切韻》系韻書無注又側買音者，二處均後加。《龍龕手鏡·手部》：「批，側買反，取著也。又子礼反，批煞也。又博下反，批持也。又側是反，拳加人也。又音紫，抨也。五切任便用之。」側買一讀慣用。《切三》《王三》蟹韻有莊母，側解反，僅一「扴」字（《切三》誤作「扱」），《廣韻》正切蟹韻無莊母。

震韻　齔，初覲切。《說文》曰：「毀齒也。男八月而齒生，八歲而齔。女七月而齒生，七歲而齔。」俗作齓。又初忍切。

按：又初忍切，《王一》《王三》《王二》無此又切，《廣韻》新加。然《廣韻》軫韻無初母，字見隱韻初謹切。「齔」屬臻韻系，入真韻系乃襲臻韻系尚未

分出之狀，入隱韻則為寄韻。「齔」字上聲《切三》初隱反，《王一》《王三》初謹反，俱在隱韻；去聲《王一》《王三》初遴反，《王二》楚覲反，俱在震韻。是《廣韻》正切收字依前書，又切注作「又初忍切」蓋求上去相承之格局儼然。

　　　　笑韻　誚，寔照切。小食。又尺邵切。

　　按：《切韻》系韻書及眾字書無此字。又尺邵切，《廣韻》笑韻無昌母，《王二》《唐韻》同。《王一》笑韻末紐昌召反，但收「覰」字。《廣韻》新收「誚」字，且出又音，唯不詳所從出。

三、又音多無異質之嫌

　　《〈切韻〉序》有言曰：「遂取諸家音韻，古今字書，以前所記者，定之為《切韻》五卷。」這說明《切韻》切語非全由陸法言及劉臻等八人拼造，《切韻》原書有不少音讀源自他書，這樣，就很難完全排除與《切韻》音系不太調和的又音音切混入的可能。《切韻》之後傳本甚夥，又多各據旨趣行刊謬補缺之事，眾書眾手，想必不能全無旁逸斜出之音。因此，我們懷疑《廣韻》這43條無正切切語可作印證的又音音切，是不是有異質的語音來源。逐條分析後，懷疑被推翻，43條又音中，僅「艨」、「詌」二條可比較放心地斷為異質音切，其他41條大概是可以排除嫌疑的。另外，韻書音切異源和異質的關係很複雜，異質的判斷理想的情況是能夠得到異源的支持。這裏把「苗」字附後討論，「苗」字又音是典型的異源音切。

　　　　東韻　艨，莫紅切。艨艟，戰船。又武用切。

　　按：又武用切，P.3798、《王三》同，《王二》切下字奪，上字作「武」。《廣韻》字又見送韻莫弄切，注「又音蒙」，《王三》《王二》莫弄反下注「又莫紅反」，是「艨」字二音平去相承。又武用切，《廣韻》用韻無次濁唇音聲母，鍾韻系亦無，是故「武用切」與《廣韻》正切音系不合。武用一讀既見於早期韻書 P.3798，又繼者未加刊正，是當由自陸氏原書，且確合乎唇吻，然異質性明顯。

　　　　勘韻　詌，他紺切。競言也。又渠仰、渠政二切。

　　按：又渠政切，《王一》《王三》無此又反，《王三》《廣韻》勁韻無群母，《王三》《王二》《唐韻》《廣韻》字見更／敬／映韻渠敬反／切。「渠敬」一切為《切韻》正切，「又渠仰、渠政二切」與之相關，為不同時代之切語。「渠

仰」早出，是時庚韻系尚部分屬陽部，渠敬、渠仰同音異切。「渠政」晚出，中古後期，庚韻系主元音逐漸高化，三等與清韻系漸趨混同，「渠政」即此時與「渠敬」對應之新切。然「渠政」一切反切構造不合《切韻》音系系統規則。《切韻》音系三等韻 A 類用 A 類、精章組、以母下字，B 類用 B 類、知莊組、來母、云母下字。正切「渠敬切」下字「敬」為 B 類，則「誩」為 B 類字，同音異切亦當從 B 類韻反切用字之規。然「又渠政切」取章組字「政」為下字，切得之音屬 A 類。「渠政切」未遵 B 類韻音切規則，足見其異質性。

　　　　屋韻　苗，丑六切。蓨也。又他六、徒歷二切。蓨音挑，又音剔。

　　按：又他六切，三等韻例無透母。他六切猶丑六切，乃透徹類隔，則是又音與正切重出。丑六切下《王一》「又徒歷反」，《王三》「又陳歷反」，並無「他六反」。《爾雅・釋草》「苗」，《釋文》：「郭他六反，又徒的反。」《說文》大徐音「徒歷切，又他六切」。《玉篇・艸部》：「苗，他六、徒歷二切。」《廣韻》引他書音切以圖增廣，然未審古音和之切今為類隔，照錄如是，畫蛇添足。

四、又音唇音不分開合

　　《廣韻》根據開合，從歌、真、寒韻系中分出戈、諄、桓韻系，形成開合分韻的格局，收字歸韻也作了相應調整（個別字開合錯韻）。又切的情況似乎沒那麼嚴謹。43 條又音中有 5 條屬開合分韻後遺留下來的問題。「綏」、「簸」、「跛」條又音切語下字歌、戈韻系不分，「載」、「秣」條為曷、末韻系不分。不過，這 5 條又音都是唇音，唇音不分開合，也無甚不妥。尤其是除「跛」字又音新加外，其他 4 字又音都是原封不動地從《切韻》系前書繼承下來的。值得注意的是，這批又音下字開合不分的情況僅涉及歌戈、寒桓韻系，同為《廣韻》分出的開合對立韻系真諄韻系卻沒有出現相應的又音。原因是什麼？歌戈、寒桓韻系的主元音是 ɒ [註2]，真諄韻系的主元音是 i，ɒ 是後低元音，固有圓唇成分，前面是否有介音-u-在聽感上差別不是特別大，而 i 作為前高元音，區別就十分明顯了。因此，《廣韻》改了不少開合不諧的又音音切，但是於歌戈、寒桓韻系還是疏失了。

〔註2〕本章中古擬音據黃笑山（1995：97～98）。

紙韻　綃，匹靡切。水波錦文。又補柯切。

按：又補柯切，《王一》《王三》《王二》同。「柯」歌韻字，《廣韻》歌韻無幫母，「綃」字另見戈韻補禾切。歌、戈二韻存開、合之別，然唇音不分開合，補柯切即補禾切。

果韻　簸，布火切。簸揚。又布箇切。

按：又布箇切，《切三》《王一》《王三》同。《廣韻》箇韻無幫母，「簸」字另見過韻補過切。箇、過二韻存開、合之別，然唇音不分開合，布箇切即補過切。

寘韻　跛，彼義切。偏任。又波我切。

按：又波我切，前書未見，此新加。「我」哿韻字，《廣韻》哿韻無幫母，「跛」字另見果韻布火切。哿、果二韻存開、合之別，然唇音不分開合，波我切即布火切。

泰韻　軷，蒲蓋切。祭道神。又蒲葛切。

按：又蒲葛切，《王三》同，《唐韻》「又薄割反」，亦同。「葛」曷韻字，《廣韻》曷韻無並母，「軷」字另見末韻蒲撥切。曷、末二韻存開、合之別，然唇音不分開合，蒲葛切即蒲撥切。

屑韻　糜，莫結切。糜也。又亡達切。

按：又亡達切，《王一》《王三》同。「達」曷韻字，《廣韻》曷韻無次濁聲母，「糜」字另見末韻莫撥切。曷、末二韻存開、合之別，然唇音不分開合，亡達切即莫撥切。

五、又音混切

43 條又音中，混切現象出現於明微、精莊組、從邪、船禪及云匣。明微相混是早期輕重唇尚未分化時的情況。精莊組相混顯示了精莊組聲母在音位上的互補性。從邪、船禪相混都是標準音南方變體的特點。云匣相混反映的則是更早時期云匣同源的局面，即上古音所說的「喻三歸匣」。這些音切，與《廣韻》正切音系不相吻合，之所以仍被當作又音記錄了下來，或許是因為《廣韻》修訂者的崇古心態，或許是因為工作的大意，當然也不排除修訂者拿捏不準時音而尷尬的可能。不管怎樣，這些又音保留了有價值的語音信息。

（一）明微相混

　　屑韻　袜，莫結切。靡也。又亡達切。

　　按：又亡達切，《王一》《王三》同。「亡」微母字，例不配一等韻，《廣韻》曷韻無微母，字又見末韻莫撥切。唇音本不分輕重唇，亡達切猶莫撥切，明微類隔。

（二）精莊組相混

　　止韻　第，阻史切。牀簀。又側几切。

　　按：又側几切，《切三》《王一》《王三》《王二》同。《廣韻》另收於將几切。將几切精莊類隔，即側几切。

　　腫韻　從，息拱切。從從，走意。又先項切。

　　按：又先項切，講韻例不配心母。《王三》《王二》無又反，此後加。《集韻》講韻雙講切收字。先項切猶雙講切，唯心生類隔。

　　果韻　葰，蘇果切。葰人縣，在上黨。又蘇瓦切。

　　按：又蘇瓦切，《切三》《王一》《王三》作「又蘇寡反」，《王一》《王三》馬韻亦注「蘇寡反」。「蘇」心母字，例不配二等韻，此心生類隔。《廣韻》「葰」字另見馬韻沙瓦切，是。

（三）從邪相混

　　吮，徂兖切。欶也。又徐兖切。

　　按：徂兖切，又徐兖切，《王三》同。《切三》徐兖反，又徂兖反。徂兖、徐兖二切僅從、邪之別。《王三》《廣韻》正切有從紐無邪紐，《切三》反之，非謂三書音讀有異，實因從邪互歧。

　　馬韻　担，茲野切。取也。又才也切。

　　按：又才也切，《廣韻》馬韻無從母，字見馬韻徐野切，此從邪相混。

　　震韻　賮，琛賮。又財貨也，會禮也。徐刃切。又疾刃切。

　　按：又疾刃切，《廣韻》震韻無從母。此字《王一》《王二》音疾刃反，無又音，《王三》音似刃反，無又音。《廣韻》從邪互歧，遂衍「又疾刃切」。

（四）船禪相混

　　祭韻　貰，舒制切。賒也。貸也。又時夜切。

　　按：又時夜切，P.3696、《王一》、《王三》、《王二》、《唐韻》同，《廣韻》禡

韻無禪母，《切韻》系韻書獨《王二》有之。《廣韻》「貰」字另見船母神夜切。六朝船禪相混已習見。《周禮・地官・司市》「以泉府同貨而斂賒」句，鄭玄注：「民無貨，則賒貰而予之。」《釋文》「貰」：「音世，貸也。劉傷夜反，一時夜反。」《詩經・小雅・甫田》：「倬彼甫田，歲取十千。」鄭玄注：「民得賒貰取食之。」《釋文》「貰」：「音世，又食夜反。《說文》云貸也。」《釋文》一曰時夜一曰食夜，正合《廣韻》時夜、神夜二切。

（五）云匣相混

旨韻　孈，以水切。愚戇多態。又尤卦切。

按：又尤卦切，《王三》同。「尤」云母字，例不切二等韻，《廣韻》卦韻無云母，「孈」字見卦韻胡卦切。古音喻三歸匣，尤卦切猶胡卦切。

麥韻　擭，呼麥切。擘也。又于馘切。

按：又于馘切，「于」云母字，例不切二等韻，《廣韻》麥韻無云母。《集韻》「擭」字見麥韻胡麥切。古音喻三歸匣，于馘切猶胡麥切。

六、又音混韻

43 條又音，混韻現象共 14 條，分佈於止、真、山、效、梗、咸六攝。涉及相混的韻有支脂、紙旨、月薛、諫襉、蕭宵、梗二與耿、青清、映三與勁、合盍、帖葉、咸銜。稍加梳理就會發現，這些相混與後世的語音演變吻合。中古音的音變趨勢中，盍合合一屬一等重韻合併，諫襉合一、梗二與耿合一、咸銜合一屬二等重韻合併，月薛合一屬三等重韻合併，支脂合一、紙旨合一屬止攝的合流，蕭宵合一、青清合一、帖葉合一屬外轉韻中純四等韻與三等韻的合流。

這些韻的合併現象是在中古音系元音前移、腭化的總體趨勢下發生的。一等重韻的合併中盍合合一屬談覃韻系合流（「噆」字），談、覃韻系主元音分別先後發生音變 ɒ>ɑ、ə>ɑ，於是合流。二等重韻的合併主要是山、耕、咸等韻系的主元音 ɐ 前化為 a，遂併入主元音為 a 的刪、庚二、銜等韻系，這裏討論的又音混韻涉及到襉併入諫（「袒」字）、耿併入梗二（「浜」字）、銜併入咸（「嚵」字）。三等重韻的合併包括元、仙韻系合流，元韻系的主元音 ɐ 在介音 -ɨ- 前移的帶動下高化、前化變作 ε，遂與主元音為 ε 的仙韻系發生合併，月薛

韻的混韻反映的就是這一情況（「茁」字）。止攝的合流這裏涉及的支脂合一（「痿」字）、紙旨合一（「箠」、「騅」、「䌰」字）均屬於支、脂韻系的合流，支韻系主元音 ε 高化為 i，併入主元音為 i 的脂韻系。外轉韻中純四等韻與三等韻的合流，肇始之因是四等韻介音的產生，《切韻》稍後時期，蕭（「嘺」、「翹」字）、青（「俜」字）、添（「魘」、「摩」字）等韻系主元音 ε 前-i-介音的產生，使它們與原先主元音同為 ε 的宵、清、鹽等韻系（限於幫組、見組、以母、精組）擁有了相同的韻母 iε，即實現了合流。

這些又音音切大多數在《切韻》系前書中就已逐漸出現，我們認為這些又音反映了上述音變的演進。支脂合併與紙旨合併發生得較早，《切韻》時代標準語的北方變體中就已無別，所以止攝混韻的四字中有「痿」、「騅」、「䌰」三字又音在《切二》《切三》這樣的早期傳本中就已出現。其他韻的合流相對較晚，相應的是其他字又音大都始見於《王韻》《唐韻》，而鮮有見於早期韻書者。或許是出於「賞知音」的需要，或許是因為亂於唇吻，這些音變尚處擴散初期就被以又音的形式記錄了下來，然而由於它們的「非正式身份」，在正切音系裏暫時還找不到位置。經過幾百年，特別是經過了中唐—五代這一重要的歷史時期，實際語音發生了很大變化，音變的事實已逐漸完成，《廣韻》也就更沒有刪改這些又音的必要了。《廣韻》甚至還新作了一些，如「騅」、「袓」、「翹」、「浜」、「詯」、「魘」、「嚙」字的又音。由於《廣韻》仍屬《切韻》系韻書，「增廣」又音，但不「增廣」正切音系，所以新加的又音同樣於正切音系沒有著落。

（一）止　攝

支韻　痿，濕病。一曰兩足不能相及。人垂切。又於佳切。

按：又於佳切，《切二》《切三》《王三》《王二》同。（《王三》「佳」字誤作「佳」）《廣韻》脂韻合口無影母，字見支韻於為切，此支脂混韻。

支韻　箠，竹垂切。節也。又之壘切。

按：《切二》《切三》竹垂反無此字，《王三》《王二》無又反。又之壘切，《廣韻》旨韻合口無章母，字見紙韻之累切，《切三》《王三》《王二》同。「箠」字又音上聲，《廣韻》增注又切以呼應，無不宜。然垂聲字上古入歌部，中古入紙韻為是，又之壘切紙旨混韻。

支韻　騅，馬小兒。子垂切。又之壘切。

按：又之壘切，《廣韻》旨韻合口無章母，字見紙韻之累切。《切二》《切三》《王二》作「又子累反」，是。《廣韻》「又子壘切」紙旨混韻。

尾韻　鯑，虛豈切。鯑鼻。又虛几切。

按：又虛几切，《切三》《王一》《王三》《王二》同。《廣韻》旨韻開口無曉母。字亦作「褷」，見紙韻興倚切。希聲字屬上古微部，中古三等不宜入支韻，當入脂、微韻。虛几切是，興倚切為紙旨混韻之音。

（二）真　攝

質韻　茁，草牙也。徵筆切。又鄒律、莊月二切。

按：《切三》《王二》質韻無此字，《唐韻》質、術韻亦未見字。《王三》無又反，《王一》漫漶，又反下字可辨作「率」。鄒律、莊月二切為《廣韻》新加。又莊月切，《廣韻》另見薛韻側劣切，非入月韻也。側劣切，仙韻合口入聲；莊月切，元韻合口入聲。中古後期，元、仙兩韻系日漸混併，《廣韻》又莊月切猶又側劣切。月薛重韻合併，《廣韻》此例非《切韻》系韻書孤證，「㣻」字《王三》入月、薛韻，二處均切「乙劣反」，端倪已現。

（三）山　攝

旱韻　袒，徒旱切。袒裼。又除鴈切。

按：又除鴈切，《廣韻》諫韻無澄母，字見襉韻丈莧切。《切三》《王一》《王三》作「又大莧反」，「大」字乃定澄類隔。依諧聲，字當入諫韻。《玉篇》大亶切，又除鴈切，是。《廣韻》注「又除鴈切」而見收於丈莧切，諫襉混韻，當依又切收字。

（四）效　攝

笑韻　噍，嚼也。才笑切。又子幺、子由二切。

按：《王一》《王三》僅「又子由反」，《王二》始見又子幺、子由二反，《唐韻》同《王二》。又子幺切，《廣韻》蕭韻無精母，字見宵韻即消切。《禮記・樂記》「是故其哀心感者，其聲噍以殺」句，《釋文》：「噍，子遙反，徐在堯反，沈子堯反，蹴也，謂急也。」子遙反即即消切，子堯反即子幺切。《釋文》二反俱引，可知《廣韻》即消、子幺二切均有來源，而陸子首音作子遙反，可知其取捨。「噍」笑韻字，又音宵韻即消切，平去相承。子幺切為蕭宵混韻之音。

笑韻　翹，尾起也。巨要切。又巨堯切。

按：又巨堯切，《王一》《王三》無，《廣韻》始見，然《廣韻》蕭韻無群母，字見宵韻渠遙切。《詩經·周南·漢廣》「翹翹錯薪」，《釋文》：「祁遙反，沈其堯反，薪貌。」祁遙反即渠遙切，其堯反即巨堯切。陸德明以宵韻音為正，是。巨堯切以蕭混宵。

（五）梗 攝

耕韻　浜，布耕切。安船溝。又布耿切。

按：此字《切韻》系韻書未見。又布耿切，《廣韻》耿韻無幫母，字見梗韻布梗切。《切韻》系韻書耕韻幫母原有「絣」字，《廣韻》「浜」與北萌切「絣」重出。《集韻》「浜」音庚韻哺橫、梗韻百猛二切，平上相承。《廣韻》布耕切又布耿切亦平上相承，然入耕韻系未若入庚韻系。《廣韻》「浜」字彼見梗韻而此注「又布耿切」，因梗二、耿混韻是也。

勁韻　偋，偋隱，僻也，無人處。《字統》云：「廁也。」防正切。又蒲徑切。

按：又蒲徑切，《王一》《王三》無，《王二》《唐韻》同《廣韻》，（二書「蒲」字作「蒱」）然三書徑韻均未見並母。青韻系有混入清韻系之勢，青清混韻，則蒲徑切即防正切，蒲徑切蓋由防正切衍生。

（六）咸 攝

感韻　噆，七感切。銜也。又子盍切。

按：又子盍切，《王三》《王二》注「又子臘反」，同。《廣韻》盍韻無精母，字見合韻子荅切。《王三》《王二》合、盍韻均不收「噆」字。先聲字中古入聲當在合韻，「噆」字音子荅切是也。然合盍韻近且有合流之勢，時人多參差音注。《莊子·天運》「蚊虻噆膚」句，《釋文》「噆」：「子盍反，郭子合反，司馬云齧也。」子盍、子合二切及排序，可知陸子、郭象之歧。

琰韻　魘，於琰切。睡中魘也。又於協切。

按：又於協切，《廣韻》帖韻無影母，字見葉韻於葉切。《切韻》系韻書無此字，《切三》《王三》《王二》《唐韻》葉韻於葉反有「厴」字，訓「惡夢」，實即「魘」字。慧琳《一切經音義》卷十七「厭人」注：「厭聲，山東音於葉反。」於琰、於葉上入相承，《廣韻》「魘」字入於葉切，是。《廣韻》「又於協切」新

加，然混帖葉韻矣。

琰韻　壓，於琰切。持也。又一牒切。

按：又一牒切，《王一》《王三》《王二》「又於牒反」，同。《廣韻》帖韻無影母，字見葉韻於葉切。《切三》、P.3799、《王三》、《王二》字見帖韻於協反，《唐韻》卷殘，「壓」亦入帖韻，唯《王三》另見葉韻於葉反。《廣韻》「又一牒切」或為承《切韻》系韻書者，字入葉韻蓋承《王三》而有所移正。疏於又切注音與收字之對應者，蓋時音帖葉韻已趨混併耳。

琰韻　嚵，慈染切。小食。又初咸切。

按：又初咸切，《王一》《王三》《王二》無，《廣韻》咸韻無初母，字見銜韻鋤銜切。《切韻》系韻書咸、銜二韻均無此字，未知孰是。初咸、鋤銜二切蓋咸銜混韻，唯聲母有別。

七、小　結

至此，《廣韻》這 43 條又音的面目清楚了。總體來說，它們既不是錯誤的音切，也不是歧異的音注。它們之所以和《廣韻》正切音系不相吻合，是因為《切韻》系韻書又音的層累式增加。這些又音多從版本上體現出《切韻》系韻書的內部承襲關係，更重要的是在語音實際上反映出現實語音。現實語音面貌的錯綜複雜，實際語音音變的不斷進行，再加上《切韻》系韻書正切音系的保守性，以至最終至《廣韻》存有這些「逾矩」之音。這些又切可以放心地用作研究材料，其中的音史價值值得重視。

第三章 《廣韻》與實際收音處音切不一致之又音釋疑

異讀是中古韻書反映的重要的語音現象。從字書編纂角度來説，字音異讀關係的建立最直觀的方法即是在字條後出注又音，我們檢查異讀關係首先想到的也是根據出注的又音按圖索驥。如《廣韻》之韻居之切「萁」字條注：「菜，似蕨。又音期。」據此可知「萁」字另有一讀與「期」字同音，即音群母之韻，《廣韻》渠之切正又見「萁」字。同樣，禡韻胡駕切「夏」字條注：「春夏。又胡雅切。」馬韻胡雅切亦有「夏」字。

又音的這種出注方式在《廣韻》中大量使用。《廣韻》字頭共出現 25335 次，3848 次字頭下出注又音，其中 2529 次字頭下以「又某某切」、「本某某切」、「本又某某切」的形式關聯又音，1295 次用了「又音某」、「本音某」、「本又音某」的形式，20 次用「又音平聲」之類四聲相承的方法，4 次如「龍」字注「又音寵摠」指出該字在特定詞語中的讀音。普遍的用例，簡潔高效的方法，再加上衆多可以印證的互見事實，使得我們對又音的這種出注方式在認知上很容易陷入思維定勢，我們往往認為此既言又有某音，則在對應之處應能找到該字，如不能找到，很可能是《廣韻》對應之處失收了，或是所注又音的正確性值得懷疑。

不過，對又音出注的上述理解似乎從未見有窮盡性的實例論證，所謂的常

識是否可靠。我們在梳理《廣韻》澤存堂本音注時發現，3848 條又音記錄中，大部分又音與實際收字處的音切對應，值得注意的是有 44 條又音本身符合《廣韻》音系，但在對應之處找不到該字，如果擴大檢索範圍，這些字幾乎均在另處見收。那麼，這些與實際收字處音切不一致的又音是否有誤，對應之處是否失收，實際收字處的音切是否是第三音，又音互見是否存在諸多例外，又音與實際收字的不一致是如何引起的？我們對 44 條又音進行逐一分析，試就上述疑問作一解答，姑陳固陋，願請方家教正。

一、又音切語用字或直音字有誤

此類 5 條。韻書傳佈過程中雜入誤作誤抄誤刻成分在所難免。此類屬校勘學範疇，校正誤字後又音與實際收字處音切即見關聯。

　　　　東韻　　驡，薄紅切。充塞皃。又音龍（瀧）。

按：又音龍，《廣韻》東韻力鍾切無「驡」字，字見江韻呂江切，同紐有「瀧」字。《龍龕手鏡·馬部》：「驡，薄江、呂江二反，充塞之皃。」《廣韻》「龍」為「瀧」字之誤。

　　　　支韻　　媊，即移切。《說文》云：「《甘氏星經》曰：『太白上公妻
曰女媊，居南斗，食厲，天下祭之，曰明星。』」又音前（嫮）。

按：又音前，《廣韻》先韻昨先切無「媊」字，字見獮韻即淺切，同紐有「嫮」字。此條《王一》《王三》《王二》作「又子踐反」，是。《廣韻》更以直音，然「嫮」字脫筆訛作「前」。

　　　　山韻　　嬾，直閑切。獸走皃。又丑（力）連切。

按：又丑連切，《廣韻》仙韻丑延切無「嬾」字，字見仙韻力延切。「嬾」依聲符當有來母音，疑「丑」為「力」之誤。或「丑」後奪「人力」字，「連」後奪「二」字，《廣韻》「嬾」字又見真韻丑人切。

　　　　唐韻　　盪，吐郎切。盪突。又徒郎（朗）切。

按：又徒郎切，《廣韻》唐韻徒郎切無「盪」字，字見蕩韻徒朗切，合《切三》《王三》《王二》之收字蕩韻堂朗反。「盪」字《釋文》有「徒黨反」、「唐黨反」、「音蕩」之注，無徒郎之音。《篆隸萬象名義》但音「堂朗反」。《廣韻》「郎」為「朗」字之誤。

　　　　姥韻　　駔，祖古切。駿馬。又徂（祖）朗切。

按：又徂朗切，《廣韻》蕩韻徂朗切無「駔」字，字見蕩韻子朗切，《切三》《王三》《王二》同。《爾雅·釋言》：「奘，駔也。」《釋文》：「在魯反，又子朗反。」子朗反即徂朗反。澤存堂本「徂」字誤，元至正本、元泰定本、明本作「祖」，當據正。

二、又音混切

此類 5 條。又音與實際收字處之音切在聲紐上存在從邪、船禪、云以的區別，實是混切。

（一）從邪相混

> 麻韻　祖，子邪切。縣名。又似與切。

按：又似與切，《廣韻》語韻徐呂切無「祖」字，字見語韻慈呂切。《王三》《王二》又音切語及見字處均與《廣韻》同。「徐」邪母字，「慈」從母字，又似與切從邪相混。

（二）船禪相混

> 支韻　示，巨支切。上同（祇）。見《周禮》。本又時至切。

按：此處 P.3695、《切三》、《切二》、《王一》、《王三》、《王二》未見「示」字，《廣韻》新收。本又時至切，《廣韻》至韻常利切無此字，字見至韻神至切。「時」禪母字，「神」船母字，本又時至切禪船相混。

> 歌韻　蛇，託何切。《說文》同上（它）。今市遮切。

按：《切三》《王一》《王三》《王二》歌韻無「蛇」字，《廣韻》新收。今市遮切，《廣韻》麻韻視遮切無此字，字見麻韻食遮切。「市」禪母字，「食」船母字，今市遮切禪船相混。

> 禡韻　射，神夜切。射弓也。《周禮》有五射：白矢、參連、剡
> 注、讓尺、井儀。又姓，《三輔決錄》云：「漢末有大鴻臚射咸，本
> 姓謝名服。天子以為將軍出征，姓謝名服不祥，改之為射氏名咸。」
> 又音石。又音夜，僕射也。

按：又音石，《廣韻》昔韻禪母無「射」字，字見昔韻船母食亦切。《王一》「又神石反」，《王二》「又神亦反」，是。《廣韻》更作直音，然誤以禪母「石」字注船母又音。

（三）云以相混

有韻　盍，云久切。器也。又余救切。

按：又余救切，《王三》同。《廣韻》宥韻余救切無「盍」字，字見宥韻于救切。「余」以母字，「于」云母字，又余救切以云相混。《廣韻》元本、明本作「又于救切」，是，澤存堂本混切。

三、又音混韻

此類 27 條。涉及止攝 15 條、蟹攝 2 條、山攝 3 條、效攝 1 條、流攝 2 條、梗攝 1 條、咸攝 3 條。

（一）止　攝

1. 支脂韻系混

支韻　詖，彼為切。辯辞。又音祕。

按：此處 P.3696、《王三》無又反，《廣韻》首見。又音祕，《廣韻》至韻兵媚切無「詖」字，字見寘韻彼義切，《王三》同。皮聲上古屬歌 1 部〔註1〕，中古三等去聲入寘韻而非至韻。又音祕以至混寘。

支韻　骴，疾移切。殘骨。又音自。

按：是條《切二》無又音，《廣韻》新見。又音自，至韻疾二切無「骴」字，字見寘韻疾智切。此聲上古入佳部，中古三等去聲入寘韻，入至韻失。又音自以至混寘。

支韻　衰，楚危切。小也。減也。殺也。又所危切。

按：此條《切三》《切二》《王二》無又反，「又所危切」為《廣韻》新加，然《廣韻》支韻山垂切無「衰」字，字見脂韻所追切，《切三》《王二》同。又所危切支脂混韻。

魂韻　賁，博昆切。勇也。《周禮》有虎賁氏，掌先後王而趨以卒伍，軍旅會同亦如之，舍則守王閑。閑，梐枑也。《書》云：「武王伐紂，戎車三百兩，虎賁三百人。」亦姓，古有勇士賁育。又肥、祕、墳三音。

按：又音祕，《廣韻》至韻兵媚切無「賁」字，字見寘韻彼義切，《王三》

〔註1〕本書上古音系及擬音據潘悟雲（2000）、鄭張尚芳（2003）。

《王二》同。《切三》注「又方寄反」，亦真韻音。卉聲上古屬微 1 部，中古三等鈍音去聲入至韻而非真韻。又音祕不誤，《切韻》系韻書去聲收字可椎，似應依「又音祕」移至至韻兵媚切下。

尤韻　龜，居求切。*又居危切。*

按：又居危切，《廣韻》支韻居為切無「龜」字，字見脂韻居追切，《切三》《王三》《王二》同。「龜」字上古在之部，中古入尤、脂二韻。《切韻》系前書尤韻無「龜」字，《廣韻》增收，然所出又音未經斟酌，以支混脂。

有韻　否，方久切。《說文》：「不也。」*又房彼切。*

按：P.3693、《王二》無又反，《切三》作「又符鄙反」，《切三》《王一》《王三》《王二》旨韻符鄙反下正收「否」字。《廣韻》未抄前書又音切語，改注「又房彼切」，然紙韻皮彼切下無「否」字，仍前書收字於符鄙切。不聲上古入之部，中古三等上聲當在旨韻而非紙韻。又房彼切既不得互見，又不合音理，乃以紙混旨之切。

至韻　視，常利切。看視。*又音是。*

按：《王一》《王三》注「又神至反」，與正切存船、禪之別，實為一音。《廣韻》以上聲更作之、是，然「又音是」亦未安。「又音是」即紙韻禪母，《廣韻》承紙切無「視」字，與《切三》《王一》《王三》《王二》並收字於旨韻承矢切。示聲上古隸脂 1 部，中古三等上聲入旨韻而非紙韻。又音是以紙混旨。

昔韻　刺，七迹切。穿也。*又七四切。*

按：又七四切，《切三》《王一》同，《廣韻》至韻七四切無「刺」字，並《切三》《王一》《王三》字見寘韻七賜一紐。束聲上古屬錫部，其陰聲韻中古三等去聲應入寘韻。《王三》「又七罜反」，《王二》「又七賜反」，是，惜乎《廣韻》未取，誤從《切三》《王一》，遂以至混寘。

2. 脂之韻系混

之韻　蒔，市之切。蒔蘿子。*又音示。*

按：《切韻》系韻書之韻未收「蒔」字，《廣韻》新收。又音示，《廣韻》至韻神至切無「蒔」字，字見志韻時吏切，《王一》《王三》《王二》同。寺聲上古在之部，中古三等銳音入之韻系，市之切、時吏切正合之韻系之平去相承，又音示以至混志。

真韻　寅，翼真切。辰名。《說文》作寅。又以之切。

按：又以之切，《切三》同，《廣韻》之韻與之切無「寅」字，字見脂韻以脂切，並以「又引人切」與真韻音互注。此條《王三》注「又以脂反」，《切三》《切二》《王三》《王二》字見以脂反，俱是。又以之切之脂混韻。

志韻　孖，疾置切。雙生子。又音咨。

按：此字《王二》始見收於志韻，無又反，《廣韻》新加。又音咨，《廣韻》脂韻即夷切無「孖」字，字見之韻子之切。子聲上古入之部，中古三等銳音入之韻系而非脂韻系。子之切、疾置切正之韻系平、去相承之音。又音咨以脂混之。

屑韻　荎，徒結切。刺榆。又音治。

按：又音治，《廣韻》之韻直之切無「荎」字，字見脂韻直尼切，《王三》《王二》同。至聲上古入質 2 部，中古陰聲韻平聲宜入脂韻。《切三》《王一》《王三》《王二》《唐韻》屑韻無「荎」字，《廣韻》新收且注又音，然又音治以之混脂。

3. 支之韻系混

咍韻　釐，落哀切。鄉名，在扶風。又力知切。

按：又力知切，《廣韻》支韻呂支切無「釐」字，字見之韻里之切。來聲上古屬之部，中古三等銳音平聲入之韻。P.3696、《切三》、《王一》、《王三》並作「又力之反」，是。《廣韻》改又音下字，以支混之，蓋時音流露。

紙韻　鳩，於詭切。《說文》曰：「鷙鳥食已，吐其文皮毛如丸。」又許以切。

按：《切三》《王三》《王二》無又反，《廣韻》新見。又許以切，《廣韻》止韻虛里切無「鳩」字，字見紙韻許委切，《王三》《王二》同。丸聲上古屬元 3 部，陰聲韻中古三等上聲入紙韻。此條《廣韻》鉅宋本、覆元泰定本、明經廠本皆作「又許委切」，是，澤存堂本「又許以切」以止混紙。

4. 之微韻系混

職韻　亟，紀力切。急也。疾也。趣也。又音氣。

按：「亟」字入職韻首見於《唐韻》，云：「急也，又音氣，數也。加。」《廣韻》承之。亟聲上古在職部，陰聲韻中古三等開口牙喉音去聲入志韻或至韻。

又音氣，《廣韻》未韻去旣切無「歔」字，字見志韻去吏切，《王一》《王三》《王二》同，《唐韻》《廣韻》職韻注「又音氣」以求互見去吏切，然審音未密，以未混志。

（二）蟹　攝

　　佳韻　棑，薄佳切。排筏。又音敗。

按：佳韻「棑」字《廣韻》新收，《切韻》系前書無。又音敗，《廣韻》夬韻薄邁切無「棑」字，字見怪韻蒲拜切。《王一》《王三》均見怪韻蒲界反。非聲上古入微１部，中古二等去聲應入怪韻。又音敗為以夬混怪之切語。

　　禡韻　嗄，所嫁切。《老子》曰：「終日號而不嗄。」注云：「聲
不變也。」又於介切。

按：「嗄」字禡韻《唐韻》始見收，正切切語及「又」字脫，存「於介反」三字。又於介切，《廣韻》怪韻烏界切無「嗄」字，字見夬韻於犗切。上古夏聲入魚部，夬韻入月１部，怪韻入物２部，魚、月１二部元音為 a〔註２〕，物２元音為 u，中古「嗄」字宜入夬韻。又於介切以怪混夬。

（三）山　攝

　　山韻　閒，古閑切。隙也。近也。又中閒。亦姓，出何氏《姓
苑》。又閑、澗二音。

按：又音澗，《切三》《王三》無，《廣韻》始見。然《廣韻》諫韻古宴切無「閒」字，字見襇韻古莧切，《王三》亦然。「閒」字上古在元２部，中古二等當入山韻系。襇韻處《王三》注「又古閑反」，《廣韻》注「又音平聲」，均與山韻音互見，「閒」字正山、襇二韻平、去相承。又音澗以諫混襇。

　　仙韻　褼，去乾切。齊魯言袴。又已偃切。

按：又已偃切，《切三》《王三》同。《廣韻》阮韻居偃切無「褼」字，字見獮韻九輦切，仙、獮正平、上相承。又已偃切獮阮混韻。

　　屑韻　掔，胡結切。牛很。又口殄切。

按：又口殄切，《王一》《王三》注「又丘殄反」，同。《廣韻》銑韻牽繭切無「掔」字，字見獮韻去演切，《王三》同。臣聲上古入真１部，中古入先韻系，不入仙韻系，「又口殄切」是。去演切收字以獮混銑。

〔註２〕本章中古擬音據黃笑山（1995：97～98）。

（四）效　攝

有韻　湫，在九切。洩水瀆也。又子由、子小切。

按：是條《王三》《王二》注「又子小反」，二書於尤韻即由反處亦並云「又子小反」。《王二》卷殘，《王三》並《廣韻》於小韻子小一紐無字，收字於篠韻子了反。秋聲上古入幽2部，中古宜入蕭韻系，不入宵韻系。「子」精母字，《切韻》後期宵蕭韻系精組漸趨合流，又子小反為以小混篠之切。

（五）流　攝

東韻　颩，薄紅切。風皃。又步留切。

按：此字眾籍音義及《切韻》系韻書東、幽二韻均未見字，《廣韻》新收。《龍龕手鏡·風部》：「颩，正音蓬。風皃。又步留反。」音蓬即音薄紅切，《龍龕》所注與《廣韻》若合符契，《廣韻》二音足信。又步留切，《廣韻》尤韻縛謀切無「颩」字，字見幽韻皮彪切，《集韻》同。尤、幽二韻上古有共同來源幽部，魏晉亦有方言音系混而不分，如《字林》音注6處尤、幽混同，簡啟賢（2003：123）云：「齊魯方言沒有尤、幽的差別。」《廣韻》「又步留切」為尤幽混韻之例。

脂韻　黝，於脂切。縣名，屬歙州。又於九切。

按：脂韻「黝」字《王三》《王二》作「黟」，無又反，《廣韻》更改字頭且增注「又於九切」以與黝韻互見。然「又於九切」小失，《廣韻》有韻於柳切無「黝」字，字見黝韻於糾切，為有黝混韻。

（六）梗　攝

覺韻　搦，女角切。持也。又女厄切。

按：又女厄切，《切三》《王一》《王三》《王二》《唐韻》無，《廣韻》加。然《廣韻》麥韻尼戹切無「搦」字，字見陌韻女白切，《切三》《王三》《王二》《唐韻》俱在陌韻〔註3〕。此陌二、麥混韻。

（七）咸　攝

豏韻　嶄，士減切。高峻。又士咸切。

按：《切三》《王一》《王三》《王二》士減反無此字，《廣韻》新收，且注又

〔註3〕陌韻《王二》名隔韻。

音。又士咸切，《廣韻》並《切三》《王三》《王二》咸韻士咸切無「嶄」字，字見銜韻鋤銜切。斬聲上古屬談2部，中古二等當入咸韻系，「又士咸切」是，鋤銜切收字為以銜混咸。

　　　　鑑韻　讒，士懺切。譖也。又士衫切。

　　按：P.3694、《王一》、《王三》鑑韻無「讒」字，《唐韻》首見，又注「又士衫反」，《廣韻》承之，然銜韻鋤銜切未收字，字見咸韻士咸切。毚聲上古入談1部，中古二等當在銜韻系，「讒」字平、去入銜、鑑韻最宜。然《切韻》系韻書多有糾葛，平聲當入銜韻而時入咸韻，如《切三》《王一》《王三》《王二》字俱在士咸反，《王二》鋤銜反注「又士咸反」，《王一》陷韻注「又仕咸反」；去聲當入鑑韻而時入陷韻，如《王一》音仕陷反，《王三》音士陷反。「又士衫切」是，收字士咸切下為以咸混銜之例。

　　　　合韻　罨，烏合切。覆蓋也。又烏敢切。

　　按：又烏敢切，《切三》《王三》《王二》無，《唐韻》始見。《廣韻》敢韻烏敢切無「罨」字，字見感韻烏感切，《切三》《王一》《王三》《王二》同。音聲上古隸侵1部，中古一等上聲應入感韻。此又音切語以敢混感。

四、又音混開合

　　此類3條。涉及寒桓韻系2條、痕魂韻系1條。

（一）寒桓韻系開合相混

　　　　桓韻　婠，一丸切。德好皃。又古旦切。

　　按：此處「婠」字首見於《王三》，無又反，《廣韻》加。又古旦切，翰韻古案切無「婠」字，字見換韻古玩切。官聲字中古當為合口。又古旦切翰換混韻，蓋因「古」字合口，又音開合憑切。

　　　　屑韻　巀，昨結切。巀嶭，山名。又藏活切。

　　按：《王三》無又反，《唐韻》「又藏曷切」，《廣韻》改下字，然末韻藏活切無「巀」字，字見曷韻才割切。才割切即藏曷切。巀聲中古當讀開口，又藏活切未審下字開合。

（二）痕魂韻系開合相混

　　　　先韻　呑，他前切。姓也，漢有呑景雲。又湯門切。

按：此條《王三》作「又吐根反」，《廣韻》改以「又湯門切」，然《廣韻》魂韻他昆切無「吞」字，並《切三》《王三》字見痕韻吐根一紐。痕、魂二韻但存開、合之別。又湯門切因下字「門」為唇音字而不辨開合。

五、又音混等

此類1條。為東韻三等明母混入東韻一等。

  遇韻 鶩，亡遇切。鳥名。<u>又音目</u>。

按：遇韻《唐韻》始收「鶩」字，注：「鳥名，又音目，加。」《廣韻》襲其又音。然《廣韻》屋韻莫六切無此字，字見屋韻莫卜切，《切三》《王三》《王二》《唐韻》同。又音目為屋韻明母三等，莫卜切為屋韻明母一等。孜聲上古在屋部，中古一等入屋韻、三等入燭韻，《切韻》系韻書莫卜切收字是。《釋文》注「鶩」音7處，「音木」6處，「亡卜切」1處，皆屋韻一等。《唐韻》《廣韻》「又音目」似無出處，蓋韻書自作。「目」字原音 miuk，ɨ 居 m、u 之間易因同化漸被融合，即東三韻系明母變入一等韻之類，「又音目」遂猶莫卜切 muk。「又音目」蓋由《唐韻》抄者信手增注，原求互注，不意露其唇吻。《廣韻》未加更變，則「目」字音變可坐實。

六、又音為異源音切

此類2條。又音若是異源音切，便未必能盡合《切韻》音系，不與收字處音切相一致也在情理之中。

  鐸韻 癆，盧各切。治病。<u>又音料</u>。

按：此字《王三》《王二》《唐韻》無，《廣韻》新收。又音料，《廣韻》嘯韻力弔切未收字，字見笑韻力照切。《詩經‧陳風‧衡門》：「泌之洋洋，可以樂飢。」《釋文》：「本又作癆，毛音洛，鄭力召反。」力召反即力照切。樂聲上古隸藥ɪ部，中古去聲入笑韻不入嘯韻。又音料以嘯混笑。然此非《切韻》音系混韻之例。中古後期笑韻漸混入嘯韻，僅限幫系、見系、以母、精組。「癆」字另讀來母，亦笑嘯相混，則「又音料」當出異源，蓋為某笑嘯合韻方言之音注。

  薛韻 嶭，魚列切。山高皃。《說文》作屵，危高也。<u>又藝哲切</u>。

按：又藝哲切，《切三》《王二》《唐韻》同，然《切韻》系韻書另無以「藝」為上字或「哲」為下字者，「又藝哲切」當為異源音切，源出不詳，檢眾籍未得。「藝」疑母字，「哲」薛韻開口字，又藝哲切似與正切魚列切同音異切，重出而已矣，然諦審之，非然也。中古重紐反切，若上字為重紐韻字，則上字定被切字類別；若上字為非重紐韻字，則下字定被切字類別：如下字為 B 類、云母、知莊組、來母，則被切字為 B 類，如下字為 A 類、以母、精莊組，則被切字為 A 類。「藝」屬祭韻 A 類，故「藝哲切」為疑母薛韻開口 A 類。「魚」非重紐韻字，而「列」為來母字，故「魚列切」為疑母薛韻開口 B 類。簡言之，藝哲、魚列二切存 A、B 類之別，乃異音異切。「峇」字《說文》「讀若臬」，音「臬」即音屑韻疑母，《王一》〔註4〕《王三》《廣韻》「峇」字正又見屑韻五結一紐，「又藝哲切」所指當即此音。薛韻 A 類與屑韻最近，《切韻》時代之後，薛、屑韻腭化且屑韻主元音 ɛ 之前舌位致介音 i 產生，薛韻 A 類音變作 iɛt＞jiɛt，屑韻音變作 ɛt＞jɛt＞jiɛt〔註5〕，薛韻 A 類與屑韻遂至合併。然則，「又藝哲切」《切三》已見，若斷為薛韻 A 類與屑韻混併之迹，於《切韻》音系似嫌過早。「又藝哲切」既出異源，蓋此切取某家音注，是家音系薛韻 A 類與屑韻合併早於《切韻》。

七、又音與實際收字處音切無關聯

此類 1 條。此條又音與實際收字處音切二音。此條是 44 條又音中唯一一條檢索不到相對應音切的又音記錄。

> 錫韻　罻，北激切。《爾雅》：「罻謂之罦。」今覆車鳥網也。又
> 敷核切。

按：此處《切韻》系前書無「罻」字，《廣韻》新收。又敷核切，《廣韻》麥韻普麥切無「罻」字，字見麥韻蒲革切。《爾雅・釋器》：「罻謂之罦。」《釋文》：「罻，郭卑覓反，孫芳麥反或彼麥反。」原本《玉篇》殘卷、糸部《篆隸萬象名義・糸部》：「罻，補戟反。」或幫母或滂母，無音並母者，《廣韻》蒲革切出處不詳。「又敷核切」雖未得互見，然不誤，即孫炎芳麥反，二反皆以

〔註4〕《王一》卷殘，是紐但存「結反」二字，上字不可見，參《切韻》系他書及該紐收字可斷是紐為五結反。

〔註5〕薛、屑音變均舉開賅合。

敷母字切滂母音，乃早期滂敷類隔之切語〔註6〕。

八、問題討論

（一）與實際收字處音切不一致之又音來源於當時的真實語音

《切韻》的性質，目前大部分學者將其視作單一音系，認為它有真實的音系基礎。如周祖謨（1963 / 1966：473）指出：「這個音系可以說就是六世紀文學語言的語音系統。所以研究漢語語音的發展，以《切韻》作為六世紀音的代表，是完全可以的。」那麼，相對邊緣的又音又是什麼情況，是否摻雜了不少脫離時音的書音摘錄。

自《切韻》成書（601）至《廣韻》刊行（1008），歷時四百餘年，其間層累式地增注了不少又音。今見《廣韻》一書的又音，既有從《切韻》系前書繼承下來的，也有《廣韻》新作的。如果同時承認《切韻》語音的真實性和四百餘年間音變發生的可能性，那麼《切韻》系前書直至《廣韻》載錄的又音就應該能夠反映出相應的音變細節，眾多音變細節聚合在一起也應該可以呈現出中古音演變的動態局面。特別是與實際收字處音切不一致的又音，很可能在這方面有突出表現。如果這些又音的實際情況和上述假設吻合，那麼這些又音就不會是簡單的書音摘錄，而是來源於當時的實際語音。

除去 5 條用字有誤例、2 條異源音切例和 1 條與實際收字處音切無關聯例，餘下 36 條又音的「不一致」可歸結為混韻、混切、混開合、混等，其中混韻的例子最多，下面就先試著排列混韻的又音來檢驗它們的來源究竟是文獻還是唇吻。

混韻共 27 條，佔所有又音的六成多，分佈於止、蟹、山、效、流、梗、咸七攝。涉及相混的韻有支脂、紙旨、寘至、脂之、至志、支之、紙止、志未、

〔註 6〕敷核切與蒲革切可排除清濁相混的可能，因為中古音切清濁相混主要起因於聲母的濁音清化，而二切關聯於濁音清化的因果假設較難成立。首先，標準語全濁聲母清化大致發生於唐五代，敷核切即孫炎芳麥反，孫炎三國時人，是時濁音清化尚未進入主流音變，敷核切 / 芳麥反所記當是「綮」字原有的清音一讀，而不太可能是濁音清化後的讀音。其次，中古後期全濁塞音、塞擦音聲母清化的主流是據平仄的不同發生條件音變，即在平聲音節裏發展成送氣清音，在仄聲音節裏發展成不送氣清音，蒲革切屬仄聲音節，聲母如經清化當混入幫母，而非滂母，故而敷核切應該不是蒲革切濁音清化的結果。再次，《切韻》音系聲母全濁、全清、次清對立儼然，《廣韻》「綮」字新見之蒲革切，切上字「蒲」為《廣韻》使用次數最多的並母用字，《廣韻》受濁音清化影響而誤用「蒲」字切清音「綮」字的可能性極小。

怪夬、襇諫、獮阮、獮銑、小篠、尤幽、有黝、陌二與麥、咸銜、感敢。這些相混與後世的語音演變相吻合。中古音變趨勢中，感敢合一屬一等重韻合併，怪夬合一、襇諫合一、陌二與麥合一、咸銜合一屬二等重韻合併，獮阮合一屬三等重韻合併，支脂合一、紙旨合一、寘至合一、脂之合一、至志合一、支之合一、紙止合一、志未合一屬止攝的合流，尤幽合一、有黝合一屬尤幽韻系的合韻，獮銑合一、小篠合一屬外轉韻中純四等韻與三等韻的合流。

這些韻的合併或合流是在中古音系元音前移、腭化的總體趨勢下發生的。一等重韻的合併中感敢合一屬覃談韻系合流（「罯」字），談、覃韻系主元音分別先後發生音變 ɒ>ɑ、ə>ɑ，於是合流。二等重韻的合併主要是皆、山、耕、咸等韻系的主元音 ɐ 前化為 a，遂併入主元音為 a 的夬韻及刪、庚二、銜等韻系，上文討論的又音混韻涉及到怪併入夬（「棑」「嗄」字），襇併入諫（「閒」字）、麥併入陌二（「搦」字）、咸併入銜（「嶃」「讒」字）。三等重韻的合併包括元仙韻系的合流，元韻系的主元音 ɐ 在介音 ɨ 前移的帶動下高化、前化變作 ε，遂與主元音為 ε 的仙韻系發生合併，阮、獮二韻的相混反映的就是這一情況（「𧞤」字）。止攝的合流上文涉及的支脂合一（「衰」「龜」字）、紙旨合一（「否」「視」字）、寘至合一（「詖」「骴」「賁」「刺」字）屬支脂韻系的合流，脂之合一（「寅」「孖」「荎」字）、至志合一（「蒔」字）屬脂之韻系的合流，支之合一（「檕」字）、紙止合一（「煱」字）屬支之韻系的合流，志未合一（「亟」字）屬之微韻系的合流。四類合流大致分兩個階段，前三類其實是一回事，即支、之韻系先併入脂韻，即支韻系主元音 ε 高化為 i，之韻系韻母前化 ɨ>ɨi，遂支、之二韻系併入主元音為 i 的脂韻系；微韻系併入脂支之韻系稍晚，發生的原因是受介音 ɨ>i 音變及前舌位韻尾 i 的影響，主元音 ə 前移升化作 i。引起尤幽韻系合韻的是三等韻介音的前移，尤 ɨu>iu，幽 iu>jiu，這樣就有了尤幽合一（「颩」字）、有黝合一（「黝」字）的可能。外轉韻中純四等韻與三等韻的合流，肇始之因是四等韻介音的產生，《切韻》稍後時期，先、蕭等韻系主元音 ε 前 i 介音的產生，使它們與原先主元音同為 ε 的仙、宵等韻系（限於幫系、見系、以母、精組）擁有了相同的韻母 iε，即實現了合流（「掔」「湫」字）。

反映上述音變的又音音切，如果追溯它們進入《切韻》系韻書的源頭，就

會發現與中古音演變的進程相一致。止攝支、脂、之三韻合併得較早，《切韻》時代脂之無別、支脂無別的現象就已出現在標準語的南、北方變體中。相應地，涉及止攝混韻的 15 條又音中有 7 個字（「鷥」「寅」「賣」「否」「視」「刺」「亟」）的又音在《切韻》系前書中就已出現，其中有 5 個字（「鷥」「寅」「賣」「否」「刺」）的又音出現於 P.3696、《切三》這樣的早期傳本中。微韻併入支、脂、之韻稍晚，相應地，反映之微韻系合流的「亟」字又音首見於晚出的《唐韻》。再來看其他韻攝的情況。其他攝中韻的合併總體上要晚於止攝，因此又音在《切韻》系韻書中首見的時間也較晚。12 條又音中，5 個字（「襀」「湫」「嗄」「挈」「罯」）的又音在《廣韻》前已出現，其中僅 1 字（「襀」）又音首見於《切三》，其他均首見於《王韻》《唐韻》這樣的後期傳本。另外，總共 27 條又音，止攝 15 條，佔去大半，其他各攝僅佔小半，也可見止攝合併的發生要早於其他各攝，因此音變擴散的程度也更深一點。上述混韻又音的分析結果與音史發展情況高度契合，說明這些又音的來源主要不是文獻舊音，而是有其真實的語音來源的。

混切、混開合、混等的情況相對較少，不易做排比工作，不過就語音真實性來說也是十分明顯的。混切的 5 例，分別是從邪、船禪、云以相混。從邪、船禪不分是當時標準音南方變體的特點，所以顏之推會有「以錢為涎，以石為射，以賤為羨，以是為船」的指摘。云以相混是後來二者歸為同一個喻母的前奏，特別是這一相混發生在「盙」字 wriu 上，在 r 和 u 自有圓唇成分的影響下，云母 w 的又音用了以母 j 的上字，並不奇怪。混開合的 3 例分別混了韻基相同僅開合不同的寒桓、痕魂兩組韻系。「婠」字「又古旦切」以翰韻下字切換韻音，當是憑了切；「巤」字「又藏活切」以末韻下字切曷韻音，當是拼讀時上字去韻下字去聲，語流中「藏」字的後舌位韻 ɒŋ 自然地把「活」字 ɦuɒt 前部的 ɦu 帶掉了；「吞」字「又湯門切」以魂韻下字切痕韻音，下字「門」為唇音字，可不計較開合。這樣看來，混開合的 3 例也是韻書的遞修者因時音而起的大意。混等的 1 例為東韻三等明母讀入東韻一等，這一音變發生得很早，與《切韻》差不多時期的顧野王《玉篇》、陸德明《經典釋文》、曹憲《博雅音》、顏師古《漢書注》、玄應《一切經音義》等都有不少類似的證據。所以，混切、混開合、混等的例子也都是時音在韻書中的反映。

　　總而言之，上舉又音之所以與實際收字處音切不一致，不是因為摘了古籍舊音，舊音與《廣韻》有牴牾，而是因為這些又音來自於生動的真實語音。

（二）又音互見是《廣韻》編撰者力求遵守的工作原則

　　《廣韻》的又音記錄可分兩類，一類與實際收字處音切對應，一類不一致。第一類佔絕大多數，3848 條又音記錄中除去第二類 87 條[註7]，剩下的都是第一類，所以相信又音互見是編撰者傾向的音注方法。只是這一用心是編撰者有意為之的隨意之舉，還是絕對的工作原則？這一問題搞不清楚，將影響我們對韻書音注的理解及又音材料的利用。

　　問題主要是第二類。第二類又分兩種，一種是上文討論的本身符合《廣韻》音系的又音，另一種是本身不符合《廣韻》音系的又音，如慈染切「噡」字注「又初咸切」，《廣韻》咸韻無初母，字見銜韻鋤銜切。第二種情況，我們已做專文討論（趙庸 2014a），共 43 條字例，僅 13 個字的又音在正切裏完全找不到落腳之處，其餘 30 字實際上也都做到了又音互見。又音音節本身不合《廣韻》音系，說明這些又音未必是《廣韻》編撰者真正認可的，可能只是廣見聞的，再者，13 個字例數量也不多，所以對我們判斷《廣韻》又音互見的嚴謹度沒有太大影響。這樣，第二類的第一種情況，即上文討論的本身符合《廣韻》音系、卻又與實際收字處音切不對應的又音，它們到底有沒有做到互見，對我們評價又音互見就顯得十分重要。

　　分析結果顯示，除了「綮」字，本身符合《廣韻》音系的這些又音，雖然與實際收字處音切有參差，但是如果認識到參差起因於音變，那就會發現又音對應之處並沒有失收，實際收字處的音切也不是第三音，這些又音和實際收字處的音切都是可以關聯的，即都做到了又音互見。這樣，如果把第二類的第一種情況與第一類情況合併言之，即凡是符合《廣韻》音系的又音記錄，幾乎全都做到了又音互見（僅「綮」字例外），因此，我們可以說，又音互見是《廣韻》編撰者力求遵守的工作原則。

〔註 7〕87＝44＋43。44 條為本章討論的例子，43 條為不合《廣韻》音系的又音。

第四章　《廣韻》正切未收又音釋讀

　　韻書注音，紐首字出該紐反切，如該紐下某字還有另讀，則於該字下注出又音。通常的情況是該字在又音提示的彼處會再次出現，習慣上將這種音注關聯稱之為「又音互見」。但是，又音也常有不能互見的時候，以《廣韻》為例，3848 次字頭下出注又音，其中有 233 次根據又音並不能在彼處找到該字，「又音互見」失效。這裡可分為三種情況，一是所出又音在《廣韻》正切音系裏根本找不到相應的聲韻調配合，該字收於另處音切下；二是所出又音雖為《廣韻》正切音系所允許，但是實際收字的音切仍與提示的又音不完全吻合；三是所出又音在《廣韻》正切的收字中確實不再體現，如效韻初教切「綽」字注「又初爪切」，巧韻初爪切下無字，字又見宥韻側救切，側救切與初爪切不可關聯，即初爪切屬《廣韻》正切未收之音。前兩種情況，我們已有專文（趙庸 2014a、2014b）討論，前兩種又音其實《廣韻》都有相對應的收字，實際收字與又音的歧出反映了實際語音在聲韻方面的演變。現在，問題只剩第三種了，確實屬《廣韻》正切未收的又音，又是怎樣的情況？是否這些又音仿佛無源之水無本之木？是否這些又音本即錯誤的讀音？是韻書的編修者大意失收，還是有意不收？還是說有其他未解之因？我們對這 233 條又音逐條分析，發現第三種情況比前兩種情況複雜得多，好在一些基本的面貌還是比較清楚的，試舉例釋讀如下。

一、正切未收又音為文獻校勘錯誤引起的假性又音

《切韻》一系除《廣韻》外均為抄本，眾書眾手，難免有文獻傳抄上的疏誤，《廣韻》以刻印行世，可避免不少此類問題的新出，但由於承襲前書，且增修又增人事，此類問題終不能盡免。文獻校勘錯誤主要是反切字誤、字頭識誤、又音誤植，這三類情況都會引起又音誤注，所出又音實際並不存在，屬假性又音，《廣韻》正切不另收字是自然。「驪媠賣攤盪炕揉莱扁蘳縞矼｜壬已｜蠡」15 字屬此類枉增又音，佔比很小。此類問題周祖謨（1960／2004）、余迺永（2000）分條校語下已有指出，本章攝其典型，條其類例，詳其辨析。舉例如下。

（一）反切字誤引起的假性又音

唐韻　炕，呼郎切。爇胘。又苦朗切。

按：又苦朗切，蕩韻苦朗切無「炕」字，字見宕韻苦浪切。《切三》《王三》《王二》苦朗反亦無字，《王三》《王二》《唐韻》字見苦浪反。《廣雅·釋詁二》「炕」曹憲注：「音抗。」《漢書·五行志》：「君炕陽而暴虐。」顏師古注：「炕音口浪反。」《詩經·小雅·瓠葉》：「有兔斯首，燔之炙之。」毛傳：「炕火曰炙。」《釋文》：「炕，苦浪反，何、沈又苦郎反。」《爾雅·釋木》：「守宮槐，葉晝聶宵炕。」《釋文》：「炕，郭呼郎反，又口浪反。」《一切經音義》慧琳「炕」音兩注，均作「康浪反」。《篆隸萬象名義》：「口盎反。」《說文》大徐音：「苦浪切。」《龍龕手鏡》：「苦浪反。」《玉篇》：「口盎切。」《集韻》字在唐、宕韻。遍檢眾籍，「炕」有平去二讀，無上聲讀。《廣韻》「又苦朗切」當為「又苦浪切」。中古韻書抄撰者混「浪」「朗」字可見他例，《王三》宕韻「儴」字切語「奴浪反」，底卷「奴」「浪」間有「朗」字，旁識三點作刪字符，當是原抄作「朗」，覺其有誤，旋即刪正。《切三》《王三》《王二》呼郎反下無又反，《廣韻》新增「又苦朗切」以互見，然下字誤。

（二）字頭識誤引起的假性又音

侵韻　壬，餘針切。貪也。又延求切。

按：又延求切，尤韻以周切無「壬」字，《切三》《王一》《王三》《王二》亦無。侵韻 S.6187 無此字，《王三》《王二》無又反，「又延求切」《廣韻》新加。壬聲上古在侵 3 部，中古三等非唇音入侵韻系，無讀尤韻之理。《王一》《王三》

《王二》《廣韻》以周一紐有「䍃」字,「䍃」「呈」形近,《廣韻》「又延求切」因誤認字頭而出,當刪。

（三）又音誤植引起的假性又音

支韻　螫,呂支切。《匈奴傳》有谷螫也。<u>又音鹿</u>。

戈韻　螫,落戈切。瓠瓢也。又禮、<u>鹿</u>二音。

按:又音鹿,屋韻盧谷切無「螫」字。象聲上古入歌、元、文、祭諸部,中古入止、蟹、山、果攝,無入屋韻之理。《史記·匈奴列傳》:「置左右賢王,左右谷螫王。」裴駰集解:「服虔云音鹿離。」《漢書·霍去病傳》:「是時匈奴眾失單于十餘日,右谷螫王自立為單于。」顏師古注:「谷音鹿,螫音盧奚反。」《後漢書·南匈奴傳》:「初,單于弟右谷螫王伊屠知牙師以次當左賢王。」李賢注:「谷音鹿,螫音離。」皆以「鹿」音「谷」。谷聲上古在屋部,中古一等入聲入屋韻。各家音注是。《廣韻》屋韻盧谷切「谷」「鹿」同紐,「谷」字注:「《漢書·匈奴傳》有谷螫王。螫音离。」《切三》《王一》《王三》《王二》支、歌韻均無「螫」字,《廣韻》增收,「又音鹿」為抄錄前人音注時涉上「谷」字音而誤植。

二、正切未收又音多有文獻來源

如《顏氏家訓·音辭篇》所云:「孫叔言創《爾雅音義》,是漢末人獨知反語。至於魏世,此事大行。高貴鄉公不解反語,以為怪異。自茲厥後,音韻鋒出。」魏晉時期,反切一術幾成世風,著述甚夥。《切韻》序云:「遂取諸家音韻,古今字書,以前所記者,定之為《切韻》五卷。」可見,陸法言著《切韻》不是閉門自造,而是借鑑了前人的著述。遞修者重修增廣《切韻》也依此路徑,因此很多切語可在前人文獻中找到來源。比較集魏晉典籍音注的大成之作《經典釋文》,《廣韻》正切未收之又音多有這類承襲的徵象。舉例如下。

（一）又音音注同《釋文》

宵韻　㮹,相邀切。長皃。（又）<u>色交、色角</u>二切。

按:又色交切,肴韻所交切無「㮹」字。《周禮·冬官·考工記》:「望其輻,欲其㮹爾而纖也。」《釋文》:「音蕭,又色交反,又音朔,李又所咸反。」《廣韻》「色交切」同《釋文》又音。

鹽韻 獫，力鹽切。犬長喙。又力劍切。又音險，獫狁也。

按：又力劍切，梵韻力劍切無「獫」字。《爾雅·釋畜》:「長喙獫，短喙猲獢。」《釋文》:「力驗反，《字林》力劍反，呂力冉反，郭九占、沈儉二反。」《廣韻》「又力劍切」同《字林》音。

漾韻 忘，巫放切。遺忘。又音亡。

按：又音亡，陽韻武方切無「忘」字。《莊子·大宗師》:「泉涸，魚相與處於陸，相呴以濕，相濡以沫，不如相忘於江湖。」《釋文》:「音亡。」《莊子·天運》:「泉涸，魚相與處於陸，相呴以濕，相濡以沫，不若相忘於江湖。」《釋文》:「相忘，並如字。」《禮記·曲禮上》:「八十九十曰耄。」注:「耄，惽忘也。」《釋文》:「亡亮反，又如字。」「忘」如字讀為平聲，變讀為去聲，韻書比之已有顛倒。《廣韻》「又音亡」同《釋文》如字讀。

燭韻 贖，神蜀切。《說文》:「貿也。」又音樹。

按：又音樹，遇韻常句切、甕韻臣庾切均無「贖」字。《尚書·舜典》:「鞭作官刑，扑作教刑，金作贖刑。」《釋文》:「石欲反，徐音樹。」《廣韻》「又音樹」同徐邈音。

（二）又音音注音同《釋文》

模韻 菹，則吾切。茅菹籍。封諸侯菹以茅。又子余切。

按：又子余切，魚韻子魚切無「菹」字。《周禮·地官司徒·鄉師》:「大祭祀羞牛牲，共茅菹。」《釋文》:「子都反，一音子餘反，或云杜側魚反，鄭將呂反。」P.3696、《王一》、《王三》模韻則〔註1〕胡反、《切三》則吾反無又音，「又子余切」《廣韻》增，同《釋文》「一音子餘反」。

欣韻 蘄，巨斤切。草也。又巨希切。

按：又巨希切，微韻渠希切無「蘄」字。《莊子·養生主》:「彼且蘄以諔詭幻怪之名聞。」《釋文》:「音祈。」《切三》《王三》是切無字，《廣韻》此處增收，且出又音，又巨希切即《釋文》之「音祈」。

仙韻 澶，市連切。杜預云:「澶淵，地名，在頓丘縣南。」又音纏。

按：又音纏，仙韻直連切無「澶」字。《左傳·襄公三十年》:「晉人、齊

〔註1〕《王一》誤作「側」。

人、宋人、衛人、鄭人、曹人、莒人、邾人、滕人、薛人、杞人、小邾人會于澶淵，宋災故。」《釋文》：「市然反。《字林》云丈仙反。」《切三》《王一》《王三》無「澶」字，《廣韻》增收於市連切下，且出又音，直音同《字林》丈仙反。

　　　　尤韻　聚，直由切。《字統》云：「姓也。」又側鳩切。

　　按：又側鳩切，尤韻側鳩切無「聚」字。《詩經·小雅·十月之交》：「聚子內史，蹶維趣馬。」《釋文》：「側留反。」《切三》《王一》《王三》《王二》無「聚」字，《廣韻》新收，且所出又音音同《釋文》。

三、正切未收又音透露起因於漢字分化或用字問題的形音關係

　　《切韻》一書本為韻書，主旨在出注字音而非辨析字形。然而，漢字形音義本不可分離，音形固有牽涉。《切韻》陸序、長孫序、王序、孫序及《廣韻》序均未談及著意以又音關聯不同的字形，不過《廣韻》中確實可以看到不少又音條目，可以借以索求因漢字分化或用字問題形成的形音關係，正切未收又音也是如此，尤其是前書無而《廣韻》新增的又音條目，即便兩處分收二字，此處又音所對應之彼處並不收此處之字，《廣韻》也不煩於此處下新出又音作揭示形音關係之綫索。這應當和有宋一朝的時代風氣和字書功用有關。正字運動由唐至宋，仕子於字形的關注盛過前朝，且《廣韻》已不僅僅是韻書之屬，仕子有科舉的需要，編修者也有立官韻以規範文化誓教的意圖，實際的情況《廣韻》也已擴展成形音義俱論的字書，因此在音注時也會注意到字形與用字關係的兼顧。舉例如下。

　　　　微韻　幃，雨非切。香囊也。一說單帳也。又許歸切。

　　按：又許歸切，微韻許歸切無「幃」字，有「褘」字。《切三》《切二》《王三》王非〔註2〕反下無又音，《集韻》是切注：「褘通作幃」，意符意近換用。《爾雅·釋器》：「婦人之褘謂之褵。」《釋文》：「幃，本或作褘，又作徽，同。暉、韋二音。」音暉即音許歸切，《切三》《切二》《王一》《王三》同《廣韻》許歸反有「褘」字，《廣韻》因「幃」「褘」異寫而增注又音。

　　　　姥韻　粗，徂古切。麤也。略也。又千胡切。

〔註2〕《切二》誤作「悲」。

按：又千胡切，模韻倉胡切無「粗」字，有「麤」字。「粗」「麤」本各字各音，《篆隸萬象名義》「粗」在古反，「麤」念胡反。二字常音近混用。《周禮‧天官‧大司馬》：「賊賢害民，則伐之。」注：「《春秋傳》曰粗者曰侵，精者曰伐。」《釋文》：「粗者，音麤，本亦作麤。」《廣弘明集》卷一：「有經書數千卷，以虛無為宗，包羅精粗無所不統。」慧琳音「精粗」條：「醋蘇反，亦麤也，借音用字也。」《集韻》模韻聰徂切「麤」「粗」各出字頭，「粗」下注：「通作麤。」《切三》《王一》《王三》《廣韻》模韻倉胡反／切下有「麤」無「粗」。《切三》《王一》《王三》《王二》徂〔註3〕古反「粗」下無又音，《廣韻》增注「又千胡切」以提示用字關係。

> 果韻　隋，他果切。裂肉也。又徒果切。

按：又徒果切，果韻徒果切無「隋」字，有「墮」字。「隋」用同「墮」。《詩經‧衛風‧氓》：「桑之落矣，其黃而隕。」毛傳：「隕，隋也。」《釋文》：「隋也，字又作墮，唐果反。」《玉篇‧阜部》：「隋，徒果切，落也，懈也。墮，同上。」《王一》《王三》《廣韻》徒果反／切有「墮」無「隋」。《王一》《王三》他果反「隋」下無又音，《廣韻》增注以關聯字形。

> 效韻　磽，五教切。磽磽。又五交切。

按：又五交切，肴韻五交切無「磽」字，有「磝」字。「磝」同「磽」，《集韻》爻韻〔註4〕牛交切下「磝」「磽」並出。《爾雅‧釋山》：「多小石，磝，多大石，礐。」《釋文》：「字或作磽，同。《字林》口交反，郭五交、五角二反。」《王一》五孝反、《王三》《王二》五教反尚未收「磽」字，《廣韻》「磽」字下因「磝」字而增注又音。

四、正切未收又音可見《廣韻》編修者於音讀的有意取捨

編撰體例在韻書編修過程中當一以貫之。《切韻》前書往往憑一人之力，此出又音而彼不收字，或因無意遺漏。《廣韻》為陳彭年奉詔主持編修之官韻，「期後學之無疑，俾永代而作則」，如是遺漏應不能頻出。研習《廣韻》正切未收之又音，諸多條目可見《廣韻》有意取捨之意，出又音以廣《切韻》，正切不收字因音不足收。舉例如下。

〔註3〕《王二》誤作「似」。
〔註4〕即《切韻》肴韻。

元韻 飦，愚袁切。飦餌。又五丸切。

按：又五丸切，桓韻五丸切無「飦」字。《切三》元、寒韻無字，《王三》寒韻五丸反收「飦」字，無又反。《廣韻》將字移至元韻下，僅出又音以承《王三》。《廣韻》移字是。「飦」方言口語字，先秦漢魏晉典籍無載，僅《方言》卷一三：「餌謂之餻，或謂之粢，或謂之䬬，或謂之䬦，或謂之飦。」《酉陽雜俎》卷七《酒食》：「餣、䭃、脾、䭈、䭈、飦，餌也。」則唐時「飦」這一稱名仍行用於某方地域。《方言》郭璞「音元」，「飦」形聲之造字理據甚明。《龍龕手鏡》亦取「音元」為首音。曹憲《博雅音》《篆隸萬象名義》「五丸〔註5〕反」，與《王三》收韻及《廣韻》又音合。上古元聲字大勢中古一等入桓韻、三等入元韻，常見元聲字桓（寒）、元異讀，如《切三》《王三》《廣韻》「蚖」「黿」愚袁、五丸二音。《廣韻》「飦」字移置，未依《王三》定奪正切，且五丸切下不出字，可見《廣韻》於是字二音的取捨。

桓韻 般，薄官切。樂也。又博干切，釋典又音鉢。

刪韻 般，布還切。還師。亦作班師。又盤、䰈、鉢三音。

按：又音鉢，末韻北末切無「般」字。《切三》寒、刪韻無「般」字，《王一》《王三》寒韻薄官反、北潘反收字，薄官反下注「又博干反」，刪韻無字，《集韻》桓韻薄官切、逋潘切及刪韻逋還切收字，《王一》《王三》《集韻》均無「又音鉢」之注。《切三》、P.3694背、《王一》、《王三》、《唐韻》、《集韻》末韻俱無「般」字。遍檢諸家音注，存鉢音者三書。《大般若波羅蜜多經·初分緣起品》之「釋經題本梵語」慧琳注「般」字「音鉢」。《龍龕手鏡·舟部》：「般，今北官反，又薄官反，今又音撥，般若也。」「撥」音同「鉢」。《資治通鑒·梁紀·高祖武皇帝》：「癸未，上幸同泰寺，講《般若經》。」胡三省：「般音鉢。」如是，鉢音只用於「般若」一詞，屬佛教專用音讀，正如《廣韻》桓韻下又音前所按之「釋典」二字。般聲，上古在元₁部，陽聲韻，上古文獻所見之般聲字「瘢幋婩槃搫磐盤盤縏鎜鞶」，《切韻》均為舒聲，何「般」字獨出促聲讀？「釋經題本梵語」慧琳解之最詳：「音鉢，本梵音云鉢囉₂₊₂合。囉取羅字上聲兼轉舌即是也。其二合者兩字各取半音合為一聲。古云般者，訛略也。若，而者反，正梵音枳孃₂合，枳音雞以反，孃取上聲，二字合為一聲。古云若者略也。」梵

〔註5〕曹憲音「丸」字誤作「九」。

文 prajñā，漢文譯作「般若」，「般」對 pra，「若」對 jñā。般，「本梵音云鉢囉」，「鉢」「囉」為基本對音字，「鉢」漢音 pat，「羅」漢音 ra，二合可表示梵文輔音連綴，pat ra＞pra，即所謂「其二合者兩字各取半音合為一聲」。「般」漢音 pan，無梵音 pra 之顛舌輔音 r，此所謂「古云般者，訛略也」。同條慧琳又有言曰：「本正梵語略音已行，難為改正，『般若波羅蜜多』久傳於世，愚智共聞。」「般若」雖不若「鉢囉枳孃」切中本正梵語，然行世漸久，遂成習語。語流中「般若」pan nja＞pa nja，又首音節促化且韻尾受後一音節輔音 n 逆同化影響，便讀若「鉢」pat，此「般音鉢」之由來。《妙法蓮花經·序品》「般」字條慧琳音：「博官反，今借音博末反。」博末反即音鉢，「今借音」三字可謂切中。《廣韻》桓、刪二韻處新增「又音鉢」，「般」字卻不另出於末韻正切，蓋鉢音僅聞之於釋典語音，「般若」隨口唱聲，特立一讀未免勉強。

　　　　豔韻　窆，方驗切。下棺。又方亘切。

　　按：又方亘切，嶝韻方隥切無「窆」字。乏聲上古屬盍 3 部，中古不入一等韻，故無讀嶝韻之理。「窆」方亘一讀蒙「堋」字而有。窆，《說文》：「葬下棺也。从穴乏聲。」堋，《說文》：「喪葬下土也。从土朋聲。」窆，上古在談 3 部，音-om，堋，上古在蒸部，音-ɯŋ。「窆」「堋」因談 3、蒸部音近而假借，又皆涉喪葬義，愈便混用。證者如《周禮·地官·遂人》：「及窆，陳役。」鄭注引鄭司農云：「窆，謂下棺時遂人主陳役也，《禮記》謂之封，《春秋》謂之堋，皆葬下棺也，聲相似。」《周禮·夏官·大僕》：「大喪，始崩，戒鼓傳達于四方，窆亦如之。」鄭注引鄭司農云：「窆謂葬下棺也，《春秋傳》所謂『日中而堋』，《禮記》謂之封，皆葬下棺也，音相似。」《左傳·昭公十二年》：「毀之則朝而堋。」《釋文》：「《禮》家作窆。」「堋」即「堋」，後又作「窉」。《切韻》自早期韻書始，即「窆」「窉」形音劃然，P.3694、《王一》、《王三》、《王二》、《唐韻》豔韻方驗反收「窆」，嶝韻方隥〔註6〕反收「窉」，是。豔韻下「窆」字又音始見於《王一》，「又方隥反」，《王三》《王二》同，《唐韻》異字同音，作「又方亘反」，此當為《廣韻》又音所由。《切韻》系韻書豔韻「窆」字例出又音，可見又音有據，而嶝韻始終不增收「窆」字，似又可疑其音是否尚存乎唇吻。《釋文》「窆」字 11 注，均以「彼驗反」為首音，六處出又音，作「劉

─────────────

〔註6〕《唐韻》作「隥」，同。

補鄧反」兩次，「劉逋鄧反」、「徐補贈反」、「又補鄧反」各一次，四反均是嶝韻幫母，同《切韻》又反。《釋文》將此音列為又音，且再三冠以「劉」「徐」字，説明此音摘自注家，未必行用於當時。中古時期，鹽 iem、登 əŋ 韻系主元音、韻尾均不同，介音又有有無之別，儼然二韻，「窆」「堋／塴／宭」假借的語音條件已不復存在。「窆」字嶝韻讀漸趨冷僻，終至僅存於文獻。文獻舊音非真實時音，故而《廣韻》依《切韻》系韻書不錄作正切。

五、小 結

綜上所述，《廣韻》正切未收的又音總體而言是正確的，有所本源的，並非編修者隨意增加，之所以正切不收字，或者是因為又音牽涉的是漢字分化或用字問題，或者是編修者於字音有所斟酌有所取捨。限於篇幅，全部音例不能在此一一分析，好在總體情況已明瞭。從音注價值來看，這些又音絲毫不遜於其他的又音條目。

第五章　《廣韻》注文所含直音注音釋讀

　　《廣韻》注音的主要方式是大韻下依次排列小韻，同小韻的字讀音相同，小韻首字下出注反切，如某字另有讀音，有時會將又音示明在注文中，通常居於注文最末。如陽韻「央鴦眹袂鉠秧霙胦泱」九字同小韻，「央」下注「於良切」，「秧」字注：「蒔秧。又於丈切。」治韻書者，通常關注的就是這些小韻反切和注中又音。

　　《廣韻》還有些注音，散見於注中，所注只是注文用字，非小韻所轄字頭，韻書編修者以其音當注，便加以反切或直音。如銑韻方典切「匾」字注：「匾匜，薄也。匜，湯奚切。」先韻古賢切「鰹」字注：「鮦大曰鰹，小曰鮵。鮵音奪。」「匜」「鮵」皆非字頭，而出注音。這類音注數量少，但既然是非常規之注，其注必有原因。目前，對此類音注鮮見關注。

　　反切注音和直音注音是傳統上最主要的兩種注音方法。兩種方法的出現時間、流行時間、音注原理不同，使用上大同之外也存小異，宜分類析之。現檢得《廣韻》注文所含直音注音94條，一一研讀，獲知見如下。

一、直音注音可補《廣韻》正切收音之缺

　　《廣韻》小韻首字下所注反切通常稱為正切。若一字收於幾處，則有正切

幾讀。不過，韻書正切收音並非全備，音讀不入韻書既有編修者篩選之意，也有遺漏之失。篩選而不取者常非習見之音，遺漏失收者則不拘於此。遇國名、地名、人名姓等專名，或者先賢音注等特殊讀音，相較僻用，《廣韻》正切不收而見注於注文，明辨音讀，可補正切收音之缺。遇漏收之音，注文見收，補缺亦然。

　　　　之韻　　兹，疾之切。龜兹，國名。<u>龜音丘</u>。

按：音丘即音溪母尤韻。《廣韻》「龜」字見居追切_{見脂}、居求切_{見尤}，去鳩切_{溪尤}未收字。《集韻》祛尤切_{溪尤}收字：「龜，龜兹，西域國名。」《龍龕手鏡·龜部》亦收：「龜……又音丘，龜兹，國名也。」合《廣韻》注。「龜音丘」可補《廣韻》「龜」字正切收音之缺。

　　　　麻韻　　吾，五加切。《漢書》金城郡有允吾縣。<u>允音鉛</u>。

按：音鉛即音以母仙韻合口 A 類。《廣韻》「允」字見余準切_{以準A}，與專切_{以仙合A}未收字。《集韻》余專切_{以仙合A}有字：「允，允吾，縣名，在金城郡。」可證《廣韻》音注。「允音鉛」可補《廣韻》「允」字正切收音之缺。

　　　　宵韻　　蟜，巨嬌切。蠪蟜，蟷也。<u>蠪音龍</u>。

按：音龍即音來母鍾韻。《廣韻》「蠪」字見盧紅切_{來東一}，力鍾切_{來鍾}未收字。《爾雅·釋蟲》：「蠪，朾蟷。」《釋文》：「謝音聾_{來東一}，郭音龍_{來鍾}。」《集韻》盧鍾切_{來鍾}收字：「《博雅》蚵蠪，蜥蜴也，一曰朾蟷。」「蠪音龍」可補《廣韻》「蠪」字正切收音之缺。

　　　　清韻　　成，是征切。……漢有廣漢太守古成雲，<u>古音枯</u>。高祖
　　　　功臣有陽成延。後漢有密縣上成公，白日升天。晉戊己校尉燉煌車
　　　　成將，古成氏之後。《史記》有形成氏。

按：音枯即音溪母模韻。《廣韻》「古」字見公戶切_{見姥}，苦胡切_{溪模}未收字。古成，姓。《通志·氏族略》：「古成氏，《風俗通》：『苦成之後，後隨音改焉。有廣漢都尉古成雲、姚興給事中黃門侍郎古成詵，又將軍古成和。』」《字匯補·口部》音「溪姑切_{溪模}」。《廣韻》「古音枯」音讀有源，可補「古」字正切收音之缺。

　　　　獮韻　　鞔，居轉切。《爾雅》曰：「革中辨謂之鞔。」車上所用皮
　　　　也。<u>辨音片</u>。

按：音片即音滂母霰韻。《廣韻》「辨」字見符蹇切並獮、蒲莧切並襉，普麵切滂霰未收字。《集韻》見收於匹見切滂霰，合《廣韻》「辨音片」。《爾雅·釋器》：「革中絕謂之辨，革中辨謂之韏。」郭璞注：「辨音片。」郭注為《廣韻》此注之由來，此注可補《廣韻》「辨」字正切收音之缺。

     燭韻　欘，直角切。《爾雅》云：「拘攖謂之定。」攖，鋤也。<u>拘音劬</u>。本亦作斪斸。斸，陟玉切。

按：音劬即音群母虞韻。《廣韻》「拘」字見舉朱切見虞，其俱切群虞未收字。《爾雅·釋器》：「斪斸謂之定。」郭璞注：「斪音衢群虞。」《莊子·達生》：「吾處身也，若厥株拘。」《釋文》：「其俱反群虞，郭音俱見虞。」可見「拘」字群母虞韻讀非蒙「斪」字而有，「拘」本有該讀。「拘音劬」可補《廣韻》「拘」字正切收音之缺。

二、直音注音可補《廣韻》字頭收字之缺

《廣韻》收 25237 字，《集韻》收 53525 字，多一倍有餘。儘管《集韻》增收的多為異體字，不過仍然說明《廣韻》於字或字形的收錄尚有空間。不同時代漢字使用情況不同。早期行用字後期可能棄用，早期不存在的字或字形後期可能得以新造，加之一字多形，一形多字，正俗之辨，古今之異，諸如此類，林林總總，以至古時字書收字固有穩定範圍，但於非核心、非高頻用字，是否收取常有出入，甚至一書之內正文和注文亦不得統一。《廣韻》注文注音涉字偶與字頭收字有出入，注文有字而字頭無，遇此類，可據以補字頭收字之缺，也可借以尋繹當時的文字使用情況。

     麌韻　栩，況羽切。柞木名。《說文》云：「杼也。其實皁，一曰樣。」<u>樣音象</u>。

按：「樣」《廣韻》字頭未收。《集韻》收字，養韻似兩切邪養「樣」「橡」並出，注：「《說文》：『栩實也。』或作橡。」《說文·木部》收「樣」不收「橡」：「樣，栩實也。」小徐注：「樣，今俗書作橡。」段注云：「樣橡，正俗字。」《篆隸萬象名義·木部》出字頭「樣」，「橡」附於「樣」注下：「樣，辭兩反。實也。橡實也。橡，櫟子，樣字。」《玉篇》：「樣，辭兩切。栩實也。」「橡，同上。」可見，「樣」為正字，「橡」為後出俗字。P.4917、《切三》詳兩反邪養：

「橡，木實。」《王一》《王三》詳兩反〔註1〕：「橡，木實。亦作樣。」《王二》詳兩反：「橡，木實。」《廣韻》徐兩切邪養：「橡，櫟實。」同小韻均有「象」字，均未將「樣」收作字頭。韻書時期，「栩實」義當是「橡」行而「樣」廢，故韻書字頭均不收「樣」字。「樣音象」可補《廣韻》字頭收字之缺。

> 鐸韻　硦，盧穫切。硦硧，石聲。硦音廓。

按：「硦」《廣韻》字頭未收。注文另見「輠」字注：「硦輠，車聲。」「硦硧」「硦輠」擬聲聯綿詞，「硦」擬聲字，無實義，眾籍鮮見。《集韻》鐸韻光鑊切「椁」「槨」「硦」並出，注：「《說文》：『葬有木臺也。』或作槨。亦從石，蓋古或用石。」音廓溪鐸、光鑊切見鐸異音，《廣韻》《集韻》「硦」為同形字。《廣韻》「硦音廓」可補字頭收字之缺。

三、直音注音提示中古字形關係

中古字書於形音義關係的揭明有一些慣常方法，如借直音注音來表示被注音字和注音字的字形關係，如《龍龕手鏡》有俗字以正字注音例（張涌泉1999：103），《廣韻》直音又音有正字以俗字注音例（趙庸2009）。注文某字如需說明字形或辨明用字問題，《廣韻》隨文出注，有些便採用直音法。被注音字和注音字通常是異體字、通假字，被注音字和條目字頭通常是正俗字。

（一）直音注音提示被注音字和注音字是異體字

> 紙韻　歋，移爾切。崺歋，沙丘狀。崺音邐。

按：《篆隸萬象名義·山部》：「崺，山脊也。邐字。」《玉篇·山部》：「崺，崺歋，山卑長也。或作邐池。」《爾雅·釋丘》：「邐池，沙丘。」郭璞注：「旁行連延。」合《廣韻》釋義。崺歋、邐池，異形聯綿詞，「崺」同「邐」。「崺音邐」以注音提示「崺」「邐」為異體字。

> 職韻　嗇，所力切。愛惜也，又貪也，慳也，又積也，亦姓。《說文》作嗇，愛歰也。从來、靣。來，麥也。來者，靣而藏之，故田夫謂之嗇夫。靣音廩。

按：《廣韻》澤存堂本作「廩」，俗誤，棟亭本作「廩」，是。《說文·靣部》：「靣，穀所振入也。」「廩，靣或从广、稟。」「靣」「廩」上古即同字。《集

韻》寢韻力錦切「㐭」「廩」並出。《玉篇・㐭部》:「㐭,藏米室也。亦作廩。」《通志・六書略》:「㐭,即廩字。」中古二字亦同。然「㐭」生僻,「廩」習用,《切三》、P.3693背、《王一》、《王三》字頭有「廩」無「㐭」,P.3693背、《王一》出「㐭」於「廩」字注文。《廣韻》增收字頭,「㐭」居次於「廩」,注「上同」,是注文「㐭音廩」以同字注音,以熟注生,實可見「㐭」「廩」的異體關係。

（二）直音注音提示被注音字和注音字是通假字

鐸韻　莫,慕各切。無也,定也,《說文》本模故切,日且[註2]冥也,从日在茻中。茻音莽。……

按:「茻」「莽」本各字。《說文・茻部》:「茻,眾艸也。」「莽,南昌謂犬善逐兔艸中為莽。」後「艸茻」義常以「莽」通「茻」。段注「茻」字云:「經傳艸莽字當用此。」朱駿聲通訓定聲:「經傳草茻字皆以莽為之。」《廣韻》用「茻音莽」說明「艸茻」義「茻」「莽」通假。

昔韻　庐,昌石切。逐也,遠也,又庐候。《說文》曰:「卻行也。从广、屰。」屰音逆。

按:「屰」「逆」本各字。《說文・干部》:「屰,不順也。」《說文・辵部》:「逆,迎也。」段注「屰」字云:「後人多用逆,逆行而屰廢矣。」段注「逆」字云:「今人假以為順屰之屰,逆行而屰廢。」「逆」通「屰」中古時已然。《篆隸萬象名義・干部》:「屰,宜戟反。不從也。逆字。」《玉篇・干部》:「屰,宜戟切。《說文》曰:『不順也。』今作逆。」《廣韻》以「屰」字僻用,故取「逆」字注其音。

（三）直音注音提示被注音字是條目字頭的異形借用俗字

豪韻　繰,蘇遭切。上同。俗又作縿,縿本音衫。

按:「繰」「縿」本各字。《說文・糸部》:「繰,帛如紺色,或曰深繒。」「縿,旌旗之斿也。」中古俗書「喿」多作「參」形,「縿」為「繰」異形借用之俗寫。S.617「縿」字注「蘇勞反」,蘇勞反即蘇遭切,《龍龕手鏡・糸部》「繰」「縿」並出,亦可證。「縿」《廣韻》音所銜切,同小韻有「衫」字。《廣

〔註2〕《廣韻》澤存堂本作「旦」,誤,鉅宋本、黎本、元泰定本作「且」,《說文》「莫」訓作「日且冥也」,據改。

韻》以「本音」二字提示「繰」借形作「縿」，遂「繰」「縿」為正俗字，「縿」另有本義本音。

寑韻　䊤，食荏切。上同。俗又作椹。椹本音砧。

按：「椹」本為「砧」義字，《戰國策．秦策》：「今臣之胸不足以當椹質，要不足以待斧鉞。」《爾雅．釋宮》：「椹謂之榩。」郭璞注：「斫木櫍也。」《釋文》：「本或作砧，同張林反。」「桑葚」字作「椹」為後起之借用異形。《廣韻》以「本音」說明「椹」實為另字，「桑葚」義「䊤」「椹」之形構成正俗字關係。

混韻　本，布忖切。本末，又始也，下也，舊也。《說文》曰：「木下曰本。从木，一在其下。」俗作夲，夲自音叨。

按：「本」「夲」本各字。《說文．木部》：「本，木下曰本。从木，一在其下。」《說文．夲部》：「夲，進趣也。从大十，大十者，猶兼十人也。」「本」後俗作「夲」。「夲」字《說文》音「讀若滔」。「滔」「叨」同音，《廣韻》土刀切。《廣韻》以「自音」提示「夲」為「本」異形借用俗字，「夲」本義音叨。

四、直音注音反映混韻現象

《廣韻》正切及又音多有混韻現象。如「睢」，隹聲，微 2 部，當入脂韻，《廣韻》收於支韻許規切，反映正切的支脂混韻。「婠」一丸切下注「又古旦切見翰」，翰韻無字，實際收於換韵古玩切，反映又音的翰換混韻。《廣韻》混韻涉及一等重韻（覃談、咍灰泰韻系）、二等重韻（佳皆夬麻、山刪、咸銜、耕庚韻系）、止攝（支脂之微韻系）、流攝（尤幽韻系）、開合口對立韻（歌戈、痕魂、寒桓韻系）、外轉純四等韻和三等韻（先仙、蕭宵、青清、添鹽韻系）等，多與中古音變大勢相合，透露中古韻類合併信息（趙庸 2014a，2014b）。《廣韻》注文所含直音注音，也有混韻現象。兩條反映正切字音的混韻現象（「肍」「俟」），一條反映直音注音字讀音的混韻現象（「籣」），如下。

董韻　翁，烏孔切。翁肍，屈強皃。肍音軋。

按：肍，《廣韻》乙鎋切影鎋開，軋，《廣韻》烏黠切影黠開。乙聲，上古質 2 部，中古當入黠韻，「肍」「軋」均當為黠韻字。「肍」乙鎋切為黠韻混入鎋韻讀，《廣韻》黠鎋相混常見。「肍音軋」不誤，可證《廣韻》「肍」字正切混韻。

獮韻　鮮，息淺切。籣鮮，今人戶版籍也。籣音牽上聲。

按：簡，《廣韻》去演切_{溪獮開 A}。牽，《廣韻》苦堅切_{溪先開}、苦甸切_{溪霰開}，音牽上聲即音牽繭切_{溪銑開}。「牽」聲，上古真 1 部，中古入先韻系不入仙韻系。「牽上聲」與「簡」同音，反映銑韻和獮韻重紐 A 類相混。

徳韻　万，莫北切。虜複姓，北齊特進万俟普。<u>俟音其</u>。

按：俟，《廣韻》渠希切_{群微}、牀史切_{崇止}。其，《廣韻》居之切_{見之}、渠之切_{群之}。矣聲、其聲，上古之部，中古當入之韻系，「俟」「其」均當讀之韻系。「俟」渠希切為之韻混入微韻之讀，《廣韻》之微相混常見。「俟音其」不誤，音其即音渠之切，可證《廣韻》「俟」字正切渠希切混韻之實。

五、直音注音不要求被注音字和注音字讀音完全匹配

《廣韻》注文中的直音注音，被注音字和注音字的讀音數不固定。下表作一統計，去掉被注音字未在《廣韻》中作為字頭出現而僅出現於注文的 2 條記錄（「樣」「礇」），統計條目為 92 條，也即被注音字和注音字的基礎字數都是 92 字。48.91%（=45/92）的被注音字有異讀，26.09%（=24/92）的注音字有異讀，51.09%（=47/92）的條目被注音字讀音數和注音字相同，40.22%（=37/92）的條目被注音字讀音數多於注音字，8.70%（=8/92）的條目被注音字讀音數少於注音字。

表 5.1　《廣韻》注文直音注音所涉被注音字、注音字的讀音數及基礎字數統計

被注音字讀音數	1	2	2	3	4	3	1	1	2
注音字讀音數	1	2	1	1	1	2	2	3	3
被注音字／注音字基礎字數	40	7	16	10	2	9	6	1	1

被注音字、注音字的讀音情況多樣，識讀直音注音需一字一論。

（1）被注音字 1 音，注音字 1 音。40 條條目中除 4 條補缺正切收音（「蠆」「允」「古」「拘」）、1 條反映正切混韻（「朹」）外，35 條都是被注音字和注音字同音。如：

表 5.2　《廣韻》注文直音注音被注音字 1 音、注音字 1 音例

條目字頭	條目反切	直音注音	被注音字	注音字	被注音字反切	注音字反切
毱	母官	虬音求	虬	求	巨鳩	巨鳩

尬	古拜	尲音緘	尲	緘	古咸	古咸
蕾	方副	葍音福	葍	福	方六	方六

（2）被注音字 2 音，注音字 2 音。7 條條目中除 1 條反映正切混韻（「俟」）外，6 條都是被注音字和注音字一讀相同，一讀相異。

表 5.3　《廣韻》注文直音注音被注音字 2 音、注音字 2 音例

條目字頭	條目反切	直音注音	被注音字	注音字	被注音字反切	注音字反切
鶔	渠羈	鵨音余	鵨〔註 3〕	余	以諸、同都	以諸、視遮
堤	是支	提音題	提	題	杜奚、是支	杜奚、特計
蜇	息移	載音刺	載	刺	七賜、七吏	七賜、七迹
荼	食遮	荂音吁	荂	吁	況于、芳無	況于、王遇
憸	七廉	俺音猒	俺	猒	一鹽、於劒	一鹽、於豔
篒	眉殞	筡音塗	筡	塗	同都、丑居	同都、宅加

（3）被注音字 2 音、注音字 1 音，被注音字 3 音、注音字 1 音，被注音字 4 音、注音字 1 音。28 條條目中除 2 條補缺正切收音（「龜」「辨」）外，26 條都是注音字讀音和被注音字的一讀相同。如：

表 5.4　《廣韻》注文直音注音被注音字多音、注音字 1 音例

條目字頭	條目反切	直音注音	被注音字	注音字	被注音字反切	注音字反切
鶞	丑倫	鳻音汾	鳻	汾	符分、布還	符分
閼	烏前	氏音支	氏	支	章移、子盈、承紙	章移
澹	徒濫	淡音琰	淡	琰	以冉、徒甘、徒敢、徒濫	以冉

26 條中，有 3 條被注音字同義異讀，但是注音字只有一讀，從音義配合的角度來說，直音注音有遺漏。見下表，括弧內為釋義。

表 5.5　《廣韻》注文直音注音被注音字多音、注音字 1 音之直音注音有遺漏例

條目字頭	條目反切	直音注音	被注音字	注音字	被注音字反切	注音字反切
膌	都奚	胜音奚	胜	奚	胡雞（膌胜）、古攜（膌胜）	胡雞
咀	子與	㕮音甫	㕮	甫	方矩（㕮咀）、扶雨（㕮咀）	方矩

〔註 3〕《廣韻》字頭字形作「鵌」，與直音被注音字之「鵨」同旁異構，為同字。

| 耺 | 吐猥 | 頿音隗 | 頿 | 隗 | 五罪（癡顡）、魚旣（癡頿）、
迌〔註4〕怪（癡頿） | 五罪 |

（4）被注音字 3 音，注音字 2 音。9 條條目中有 8 條被注音字和注音字只有一讀相同，1 條被注音字和注音字有兩讀相同（「媕」）。

表 5.6　《廣韻》注文直音注音被注音字 3 音、注音字 2 音例

條目 字頭	條目 反切	直音注音	被注 音字	注音字	被注音字反切	注音字反切
猙	巨貟	氏音精	氏	精	子盈、章移、承紙	子盈、子姓
氂	莫袍	犛音猫	犛	猫（貓）	莫交、里之、落哀	莫交、武瀌
嫛	烏何	媕音庵	媕	庵	烏含、烏合、衣儉	烏含、烏合
蜲	耳由	蛭音質	蛭	質	之日、丁悉、丁結	之日、陟利
詷	徒摠	訂音挺	訂	挺	徒鼎、他丁、丁定	徒鼎、特丁
搏	持兖	緷音渾	緷	渾	胡本、古本、王問	胡本、戶昆
罦	呼旰	枹〔註5〕 音扶	枹	扶	防無、布交、縛謀	防無、甫無
谷	盧谷	蠡音离	蠡	离	呂支、落戈、盧啟	呂支、丑知
秶	古協	穧音劑	穧	劑	在詣、子計、子例	在詣、遵為

（5）被注音字 1 音、注音字 2 音，被注音字 1 音、注音字 3 音，被注音字 2 音、注音字 3 音。8 條條目中除 1 條反映直音注音字混韻（「簘」）外，7 條都是被注音字讀音和注音字的一讀相同。

表 5.7　《廣韻》注文直音注音注音字讀音多於被注音字讀音例

條目 字頭	條目 反切	直音注音	被注 音字	注音字	被注音字反切	注音字反切
眭	許規	眄音吁	眄	吁	況于	況于、王遇
䫻	息移	顊音精	顊	精	子盈	子盈、子姓
樸	薄胡	劖音還	劖	還	戶關	戶關、似宣
檢	居奄	撿本音斂	撿	斂	良冉	良冉、力驗
苗	丑六	蓨音挑	蓨	挑	吐彫〔註6〕、他歷	吐彫、土刀、徒了

〔註4〕《廣韻》澤存堂本作「他」，透母，誤，元泰定本、《集韻》作「迌」，《王一》《王三》作「知」，均為知母，據改。

〔註5〕《廣韻》澤存堂本作「抱」，俗誤。音扶即音防無切，澤存堂本防無切處作「枹」，同《漢書·地理志》《水經注·河水》，據改。

〔註6〕《廣韻》吐彫切字頭作「蓧」。

| 騤 | 古穴 | 駽音光 | 駽 | 光 | 古黃 | 古黃、古曠 |
| 莫 | 慕各 | 嗼音莾 | 嗼 | 莾 | 模朗 | 模朗、莫補、莫厚 |

除第（1）類外，其他類別，無論是被注音字讀音數和注音字相同的第（2）類，還是被注音字讀音數多於注音字的第（3）（4）類，還是被注音字讀音數少於注音字的第（5）類，被注音字和注音字的讀音都不構成完全的對應關係，通常只有一讀對應。這說明注文所含直音注音，選字不存在被注音字和注音字讀音完全匹配的工作原則。

《廣韻》又音注音比《切韻》系前書增多使用直音法，有些直音又音不但為《廣韻》新加，而且以直音字兼概被注音字數音，以簡馭繁（趙庸 2009）。如宅耕切「橙」字注「又音澄」，「橙」「澄」二字在庚韻直庚切、蒸韻直陵切兩處並見，「又音澄」為《廣韻》新加。

注文所含直音注音和直音又音都屬直音法，但是前者只需滿足一音對應，後者力求多音對應，注音原則及注音字的選取標準不同。後者既為《廣韻》新造，前者蓋多有文獻來源。《廣韻》注文所含直音針對注文中出現的煩難字進行注音，這些字音通常用於專名或特定語義，韻書直接摘引文獻音注更為便宜，而文獻音注講究音、義對當，文獻音注的直音音注本即無兼概被注音字數音的必要。

六、餘 論

《切韻》系前書注文比較簡單，通常只有簡單訓釋，既少字形的說明，也少注文見字的注音，反映韻書的原始功用和文獻面貌。有宋一代，《廣韻》作為官修韻書，有規範語言文字的意圖，所以雖仍為韻書，但有字書化的發展趨向，如增繁注文釋義，增加字形說明，語音方面最常見的是增加字頭又音的出注，而注文用字讀音的出注也是字書化的表現之一。如上文分析，這些注文中的直音注音，不僅僅是簡單的音注，往往還和特定的詞義搭配，和字形也有牽涉，對研究中古漢語和韻書等中古文獻都有價值。

第六章 《廣韻》疑難讀音與假性異讀考釋舉隅

一、《廣韻》疑難讀音考釋

韻書是中古字書重要的一類，載錄的漢字信息豐富而複雜，值得細細梳理。中古韻書中有一些字，反切和聲符讀音之間無法建立聯繫，即便充分考慮上古韻部到中古韻的演變，上古韻部之間對轉、旁轉的可能，聲符的表音功能依然不可見。如何理解這些疑難讀音，對認識漢語上古到中古的語音演變和漢字的形、音、義關係及其發展有重要意義。

《廣韻》是中古韻書的代表性文獻，其中的字音問題前賢有諸多討論，針對疑難讀音也有很多研究，如周祖謨（1960 / 2004）、葛信益（1993）、蔡夢麒（2007）、余迺永（2000）等先生的考釋，可謂洞隱燭微。不過，此類疑難讀音待解的尚有不少。今研讀《廣韻》，一得之愚，舉六例如下，請方家正之。

齊韻　陡，都奚切。《篆文》云：「姓也。」

按：「陡」《說文》未收字。「臼」幽1部字，「定」耕部字，上古幽1部中古一等入豪韻〔註1〕，二等入肴韻，三等入尤、幽韻，上古耕部中古二等入耕

韻，三等入清、庚韻，四等入青韻，皆不入齊韻，「隄」從𠬝從定而音齊韻，不可解。

「隄」為「隄」字異寫。《山海經·北山經》：「又北百七十里，曰隄山，多馬。」郭璞注：「或作隄，古字耳。」原本《玉篇》殘卷阜部「隄」「隄」相次，「隄」字注：「《字書》：『古文隄字也。』」《篆隸萬象名義·𠬝部》「隄」「隄」上下字，「隄」字注「同上」。《集韻》齊韻都黎切_{端齊開}「隄」「隄」「堤」字頭並出，注：「《說文》：『唐也。』或作隄、堤。隄亦姓。」

《說文·𠬝部》：「隄，唐也。从𠬝是聲。」「隄」，形聲字，「是」為聲符。是聲，上古支部，支部中古四等入齊韻。「隄」字原本《玉篇》殘卷阜部都奚_{端齊開}、徒奚_{定齊開}二反，《篆隸萬象名義·𠬝部》都奚反_{端齊開}，《釋文》丁兮反、都奚反、音低_{端齊開}，或直兮反〔註2〕、徒雞反、音啼_{定齊開}，《廣韻》都奚_{端齊開}、杜奚_{定齊開}二切，均是。「隄」字即「隄」字，《廣韻》「隄」字收於都奚切_{端齊開}下，和「隄」字同紐，可安。

疑者唯所謂「隄」字為「隄」字古文。二字當為正俗字關係。「是」「定」草寫形似，如「是」字作乞（懷素《小草千字文》）、乞（柳公權《奉榮帖》）、乞（黃庭堅《廉頗藺相如傳》），「定」字作乞（懷素《小草千字文》）、乞（柳公權《伏審帖》）、乞（黃庭堅《諸上座帖》）。是故「隄」為正，「隄」為「隄」草書楷化之俗形。《廣韻》收俗形「隄」，分立正、俗形字頭「隄」「隄」，但未將二字頭作上下列字，未於「隄」字注文注「上同」或「同上」，又字頭「隄」不取「隄」字「防也」「隄封」義，而引《纂文》「姓也」另行釋義，以致「隄」「隄」字形關係不明，「隄」字聲符不可辨，「隄」字字音於字形無所依托。《切三》、L.TIVk75、《王一》、《王三》、P.2015 未見收「隄」字，《廣韻》增收此俗形，又割裂正、俗字關係，與官修韻書規範文字之旨不合。

肴韻　犛，莫交切。牛名。又力之切。

按：《說文·犛部》：「犛，西南夷長髦牛也。从牛𠩺聲。」「犛」，形聲字，「𠩺」為聲符。𠩺聲，上古之部，之部中古一等入咍、灰韻，二等入皆韻，三等入之脂、尤韻，不入肴韻，「犛」從「𠩺」聲，不當有莫交切_{明肴一}一讀。「犛」《廣韻》另音落哀切_{來咍}、里之切_{來之}，是。

_____

〔註 2〕直兮反定澄類隔。

「犛」字莫交切為蒙「氂」字而有之音。《說文‧犛部》:「氂,犛牛尾也。」「犛」「氂」本各字。魏晉時人已將二字混為同字。如《周禮‧春官‧樂師》:「凡舞,有帗舞,有羽舞,有皇舞,有旄舞,有干舞,有人舞。」鄭玄注:「旄舞者,氂牛之尾。」《釋文》:「氂牛,舊音毛,劉音來,沈音狸,或音茅,字或作犛,或作氂,皆同。」「(氂)字或作犛」,即是。《釋文》「氂」字「或音茅」,音茅即音莫交切明肴,「犛」同「氂」則有莫交切明肴之讀。「犛」字段注云:「犛切里之,氂切莫交。徐用《唐韻》不誤,而俗本誤易之。」《廣韻》「犛」字莫交切為從俗之音。

　　　　侵韻　黔,巨金切。黃黑色。又巨炎切。

　　　　鹽韻　黔,巨淹切。黑黃色。《說文》曰:「黎也。秦謂民為黔首,謂黑色也。周謂之黎民。」又音琴。

　　按:《廣韻》「黔」「黔」二字均兩收於侵韻巨金切群侵B和鹽韻巨淹切群鹽B。《說文‧黑部》:「黔,黎也。从黑今聲。秦謂民為黔首,謂黑色,周謂之黎民,《易》曰為黔喙。」「黔」,形聲字,「今」為聲符。今聲,上古侵1部,侵1部中古三等入侵韻,不入鹽韻,「黔」從「今」聲,不當有巨淹切之讀。《廣韻》「黔」字另音巨金切,是。《說文‧黑部》:「黔,淺黃黑也。从黑甘聲。」「黔」,形聲字,「甘」為聲符。甘聲,上古談1部,談1部中古三等入鹽、嚴、凡韻,不入侵韻,「黔」從「甘」聲,不當有巨金切之讀。《廣韻》「黔」字另音巨淹切,是。

　　「黔」「黔」本各字各音,「黔」上古音 $g^rŭm$(>巨金切),「黔」上古音 $g^răm$(>巨鹽切),後蓋因二字元音 ɯ、a 相近,且字義均與「黑」有關,故混用。《周易‧說》:「艮為山……為黔喙之屬。」《釋文》:「黔,……謂虎豹之屬,貪冒之類。」此處「黔」為「黑色」義,「黔」字不誤。然《釋文》又注云:「鄭作黔。」鄭玄假「黔」作「黔」。《篆隸萬象名義‧黑部》:「黔,渠廉反。黑色。民名。」「黔,渠炎反。淺黃色。」渠廉、渠炎反音同群鹽B,「黔」失卻當有之侵韻讀,而與「黔」同讀鹽韻,時音之混誤可見矣。

表 6.1　《切韻》系韻書侵、鹽韻「黔」「黕」字收字收音情況

	侵　韻		鹽　韻	
	黔	黕	黕	黔
S.6187	渠金反	──────	卷殘	卷殘
《切三》	卷殘	卷殘	巨淹反	
《王一》	卷殘	卷殘	（巨淹反）〔註3〕	──────〔註4〕
《王三》	渠金反	渠金反	巨淹反	──────
《王二》	渠今反	渠今反	巨淹反	──────
《廣韻》	巨金切	巨金切	巨淹切	巨淹切

　　如上，早期韻書「黔」但音侵韻，「黕」但音鹽韻，界限劃然。後期韻書增收「黕」於侵韻，至《廣韻》又增收「黔」於鹽韻，終致二字兼俱兩音，且兩音並同。此韻書之層累面貌，然未經考校，失之疏略，「黔」字鹽韻讀、「黕」字侵韻讀均屬誤收。

　　　　旨韻　歆，於几切。歆跂，驢鳴。

　　按：壴聲，上古侯部，侯部中古三等入虞韻，不入脂韻，「歆」從「壴」聲，不當有於几切影旨開A之讀。此字當從「喜」，作「歖」，《王三》即是。《集韻》隱几切影旨開A並出字頭「歖」「歆」，注：「歆跂，驢鳴，或省文。」

　　「喜」旁減省筆畫，俗誤作「壴」旁，常見。如匹鄙反／切滂旨「諻」字，《切三》《王三》《王二》均左從「壴」，《廣韻》不誤。《王三》虛記反曉志、《王二》許記反曉志作「憙」，俗誤，當如《王一》虛記反、《廣韻》許記切作「憙」。

　　「歖」原無「驢鳴」義。《說文》「歖」字兩收，《說文·喜部》：「喜，樂也。」「歖，古文喜。」《說文·欠部》：「歖，卒喜也。」原本《玉篇》殘卷亦兩收，均在欠部，「歖，欣曉欵〔註5〕反。《說文》：『卒喜也。』《廣雅》：『咲怒也。』」「歖，虛紀反曉止。《字書》古文喜字也。喜樂也，在喜部。」皆與「驢鳴」義無涉。「喜」義之「歖」與「驢鳴」義之「歖」中古為同形字。

　　「驢鳴」義之「歖」當為後出新造字。相類者另有「歐」字。「歐」字本

────────────

〔註3〕《王一》卷殘，但見收「黕」字及注文，不見切語。「巨淹反」據S.6187、《切三》、《王三》、《王二》、《廣韻》補。

〔註4〕《王一》卷殘，巨淹反一紐「黕」字以上字頭皆不可見，「黕」下字頭無「黔」。是紐《王三》無「黔」字，《廣韻》字頭「黔」居於字頭「黕」之下之又下。據此斷，《王一》巨淹反當未收「黔」字。

〔註5〕「歆」《廣韻》苦管切溪緩，當為「疑之」字之誤。

亦無「驢鳴」義，《說文·欠部》：「歔，嘆也。」《廣韻》衣嫁切「歀」字注：「歐歀，驢鳴。歐，乙利切。」「歔」於几切_{影旨開A}、「歐」乙利切_{影至開A}音近，僅上、去之別，則「歔歀」「歐歀」皆擬驢鳴之聲，聯綿詞固無定形，「歔歀」「歐歀」實同，「歔」「歐」同為後起記音字形，據形聲之法造字。「歔」字，「喜」為聲符，表音，「欠」為形符，表意。「喜」《廣韻》虛里切_{曉止}，中古脂、之韻系相混習見，以「喜」為旨韻字「歔」之聲符，無甚不妥。然俗書將「喜」旁省書作「壴」旁，則亂矣。《切三》《王一》《王二》皆俗誤作「歀」，《廣韻》襲之，不合形聲字造字理據，宜正。

　　　　準韻　雔，思尹切。《說文》曰：「祝鳩也。」

　　按：《說文·隹部》：「雔，祝鳩也。从鳥隹聲。」「雔」，形聲字，「隹」為聲符。隹聲，上古微2部，微2部中古三等入脂、微韻，不入諄韻，「雔」從「隹」聲，不當有思尹切_{心準}之讀。「雔」《廣韻》另音職追切_{章脂合}，是。

　　今本《說文·隹部》「雔」字注曰：「隼，雔或从隹、一。」以「隼」為「雔」之或體。然「雔」「隼」異物。「隼」今本《說文》未收作獨立字頭。「隼」字釋義經籍多見，可參。《爾雅·釋鳥》：「鷹隼醜，其飛也翬。」邢昺疏：「舍人曰：『謂隼鷂之屬也。』《說文》云：『隼，鷙鳥也。』陸璣云：『隼，鷂屬也。齊人謂之擊征，或謂之題肩，或謂之雀鷹，春化為布穀者是也。』」《周易·解》：「上六，公用射隼于高墉之上，獲之，無不利。」孔穎達正義：「隼者，貪殘之鳥，鸇鷂之屬。」《詩經·小雅·采芑》：「鴥彼飛隼，其飛戾天，亦集爰止。」鄭玄箋：「隼，急疾之鳥也，飛乃至天，喻士卒勁勇，能深攻入敵也。」《國語·魯語下》：「仲尼在陳，有隼集於陳侯之庭而死。」韋昭注：「隼，鷙鳥，今之鶚也。」《文選·潘岳〈秋興賦〉》：「野有歸燕，隰有翔隼。」李善注：「鷙擊之鳥，通呼曰隼。」劉良注：「隼，鷹也。」概之，「隼」為鷹屬，非鳩屬。徐灝注箋《說文》曰：「雔為祝鳩，職追切_{章脂合}。隼為鷙屬，思允切_{心準}。二字音義懸絕。」「今本《說文》以隼為雔之或體，其誤顯然。」是。

　　今見《切韻》系韻書思尹一紐均收「隼」字。S.2683但出字頭「隼」，無注文，蓋是物人所習知，故不費筆墨。《切三》「隼」字注「鳥」。《王一》《王三》「隼」字注「鳩鳥」，此舛誤之始見。《廣韻》思尹切「隼」並收二義：「鷙鳥也。《說文》同上。」所謂「《說文》同上」者，《廣韻》於「隼」字上增收

字頭「雛」，注引《說文》「祝鳩」義。《廣韻》據《說文》增廣、正誤《切韻》系前書處甚夥，然於《說文》訛誤未能悉辨。據《爾雅》邢昺疏可知，邢氏所據《說文》，「隼」當為獨立字頭，「鷙鳥」義。而今本《說文》以「隼」為「雛」之或體。二本不合，今本誤。《廣韻》所據《說文》大率同今本《說文》（趙庸2018），此蓋為《廣韻》思尹切增收「雛」字頭且於「隼」字注補「《說文》同上」之所據。然誤，俱當刪。

　　　　合韻　浩，古沓切。浩亹，地名。亹音門。

按：《說文·水部》：「浩，澆也。从水告聲。」「浩」，形聲字，「告」為聲符。告聲，上古幽₁部、覺₁部，幽₁部中古一等入豪韻，覺₁部中古一等入沃韻，均不入合韻。「浩」從「告」聲，似不當有古沓切見合之讀。「浩」《廣韻》另音胡老切匣皓，是。

浩亹，漢縣名，《漢書·地理志下》：「金城郡縣十三：……浩亹。」此縣因臨浩亹水得名。「浩亹」亦作「閤門」，《水經注·河水》：「湟水又東與閤門河合，即浩亹河也，水出西北塞外。」「閤」《廣韻》古沓切，正與「浩」同紐。「亹」《廣韻》莫奔切收字，同紐有「門」字。「浩亹」「閤門」同音異寫。

《漢書·地理志下·金城郡》：「浩亹水出西塞外，東至允吾入湟水。」顏師古注：「浩，水名也。亹者，水流峽山，岸深若門也。……今俗呼此水為閤門河。蓋疾言之，浩為閤耳。」顏師古以「浩」讀「閤」為疾言之音，雖不中，亦不遠。「浩」讀音本如字，中古胡老切，上古音 guʔ，「亹」中古莫奔切，上古音 muun，「浩亹」連讀則為 guʔ muun。語流中，guʔ末音段喉塞音ʔ受後一音節首音段雙唇鼻音 m 的逆同化影響，發音方法不變，仍保持塞音，但成阻部位由喉部前移至唇部，即變為 p。換言之，「浩」於「浩亹」一詞發生語流音變 guʔ＞gup。gup 屬緝₃部，緝₃部中古一等入合韻，「浩」中古遂讀為古沓切。

「浩」字本音舒聲韻胡老切，而有促聲韻古沓切之讀，顏師古斷促聲韻讀為水名之俗呼，且以為「疾言」。顏氏已知「浩」音「閤」非單字音之變，而為詞音之變，此其是也。顏氏不知音有古今，以中古之舒促度上古之緩疾，此其非也。今正其非，漢時「浩」字兩讀無關「緩言」「疾言」，「浩亹」一詞前字受後字影響生變耳。

中古韻書由於其本身的正音屬性和後來逐漸形成的科舉功用，往往對字形

和讀音有較謹慎的把握。不過，中古韻書反映的主要是當時的漢字情況，一些上古已見字，經歷上古到中古的演變，字形和讀音的關係已不能暢達。對這些字進行梳理、分析，理清漢字形、音、義的演變關係，有助於瞭解中古漢字音非常規音變的由來細節，有助於豐富對中古漢字構形理據的認識。

二、《廣韻》俗字所生假性異讀考釋

　　《廣韻》全名《大宋重修廣韻》，書前景德四年牒文有言曰：「四聲成文，六書垂法，乃經籍之資始，寔簡冊之攸先。自吳楚辨音，隸古分體，年祀寖遠，攻習多門，偏旁由是差譌，傳寫以之漏落。矧注解之未備，諒教授之何從。爰命討論，特加刊正。仍令摹印，用廣頒行。期後學之無疑，俾永代而作則。宜令崇文院雕印，送國子監，依九經書例施行。」

　　「四聲」「吳楚辨音」與字音相關，「六書」「隸古分體」「偏旁差譌」與字形相關，此段文字反復強調對字音、字形的關注，可見《廣韻》的重修十分重視討論、刊正《切韻》字音、字形方面的疏漏和訛誤。作為官修韻書，其旨欲令後學無疑，作則永代，立意頗高。根據此段文字，《廣韻》漢字形音關係的典正性是有一定保證的。

　　不過，今習讀《廣韻》發現，《廣韻》漢字的形音關係十分複雜，其中不乏一些不太可靠的例子，比如和俗字字形相關的讀音。俗字形音關係的由來多和正字的情況很不一樣，有些由俗字參與衍生的異讀關係，表面上幾個讀音繫於同一字形，實際上不同讀音對應的詞義彼此之間不可關聯，而且往往音讀關係從音系音變或語法音變等角度難以給出合理解釋。這類異讀關係無中生有，不反映語言各要素在漢語自然演化過程中的自身表現和相互關係，實屬假性異讀。前賢研究中古韻書，對此類現象關注不夠，這直接影響中古音注材料整理分類的準確性，進而影響對相關語言文字現象實質的認識。此類假性異讀無法批量識別，祇能逐個辨識，利用韻書不可不審。今札記《廣韻》音例四則，期可引玉。

　　　　支韻　趍，直離切。《說文》曰：「趍趙，夂也。」
　　　　〔虞韻　趨，七逾切。走也。〕〔註6〕

〔註6〕方括號表示該條為《廣韻》所出正字條目，列出為便於正俗字比較，與字形異讀無關，下同。

　　虞韻　<u>趍，七逾切</u>〔註7〕。俗。本音池。

　　按：《說文・走部》：「趍，趨趙，夂〔註8〕也。从走多聲。」「多」上古歌1部，「多」聲字中古三等韻入支、麻三韻系，入虞韻於理不通。虞韻之「趍」為「趨」字俗形，上一字正作「趨」，「趍」字下注「俗」，意即在此。

　　「芻」旁俗書可作「刍」形，如 S.2832《願文等範本》：「豈謂鳳翗（翮）無託，先凋五色之花。」《龍龕手鏡・邑部》「鄒」字以「邹」為俗寫。亦可作「芻」形，如 P.3666《燕子賦》：「鵁鶄惡發，把腰即𢮻（搊）。」《龍龕手鏡・馬部》「騶」字以「騶」為今寫。亦可「刍」「芻」二形皆有，如《龍龕手鏡・皮部》「皺」字以「皱」為俗寫，又以「皷」為今寫。「刍」「芻」俗書若構件進一步簡化、訛變，則作「多」形，如 S.6825V 想爾注《老子道經》卷上：「此即𤕝（芻）苟（狗）之徒耳。」《龍龕手鏡・革部》「𪌘」為「鞦」字偏旁改換、位移俗字。「多」不成字，但與「多」形近，遂楷化作「多」。「芻」旁輾轉而有俗形「多」，由來如上述。「趨」「趍」字形之變即此類。

　　中古時期，於虞韻讀「走」義，「趍」常為「趨」字異體。《淮南子・兵略訓》：「獵者逐禽，車馳人趍，各盡其力。」「趍」當作「趨」。《集韻》虞韻逡須切「趍」字注：「俗作趍，非是。」所斷是。《詩經・齊風・猗嗟》：「巧趨蹌兮，射則臧兮。」《釋文》：「巧趨，本又作趍。」黃焯校云：「唐寫本作趍，趨、正字，趍、後出字。」黃校是。

　　中古不辨「趨」「趍」不拘於虞韻讀。支韻讀「趍趙」義「趍」字，本與虞韻讀之「趨」劃然二字。然因虞韻讀「趨」「趍」相混，支韻讀亦受牽連，「趍」字誤生與「趨」字之糾葛。《王三》支韻直知反「趍」字注：「《說文》：『趍趙，夂〔註9〕。』《玉篇》為『趨』字，失。後人行之大謬，不考『趍』從多音支〔註10〕聲，趨從芻聲。」《王三》所辨是，據「後人行之大謬」，可知支韻讀淺人「趍」「趨」相亂亦已成風。

　　《切三》《王一》《王三》虞韻作「趨」，不收「趍」字。《廣韻》於「趨」下又出「趍」，以為「趨」字俗寫，不誤。然又注「本音池」，音池即音支韻直離

〔註7〕下劃橫綫表示該條為俗字讀音，下同。

〔註8〕此字《說文解字》陳昌治刻本作「久」，段注云：「各本皆譌久。」當作「夂」，《說文・夂部》：「夂，从後至也，象人兩脛後有致之者。」

〔註9〕「夂」字《王三》作「久」，誤。茲徑改。

〔註10〕「支」字《王三》作「攴」，誤。茲徑改。

切，《廣韻》此注略失。支、虞二韻之「𧼘」為同形字〔註11〕，形、音均不必以「本」關聯。直離切之「𧼘」與七逾切之「𧼘」同形異讀。

〔灰韻　隤，杜回切。下墜也。〕

灰韻　墢，杜回切。上同〔註12〕。

〔隊韻　塊。苦對切。土塊。〕

怪韻　墢，苦怪切。俗云土塊。本音隤。

按：「隤」「塊」各字。「隤」本為「下墜」義，如《說文‧𨸏部》：「隤，下墜也。從𨸏貴聲。」《龍龕手鏡‧𨸏部》：「隤，正，徒回反定灰。下墜也。」《集韻》灰韻徒回切定灰「隤」字注：「《說文》：『下墜也。』」宋玉《高唐賦》：「磐石險峻，傾崎崖隤。」《文選‧（揚雄）解嘲》：「功若泰山，響如坻隤。」後又有「壞」義，如《廣雅‧釋詁一》：「隤，壞也。」《篆隸萬象名義‧𨸏部》：「隤，徒雷反定灰。遺也，壞也。」《玉篇‧𨸏部》：「隤，徒回切定灰。壞，墜〔註13〕下也。」司馬遷《報任安書》：「李陵既生降，隤其家聲。」《漢書‧蘇武傳》：「路窮絕兮矢刃摧，士眾滅兮名已隤。」

「塊」為「凷」字異體，「土塊」義，如《說文‧土部》：「凷，墣也。從土，一屈象形。塊，凷或從鬼。」《篆隸萬象名義‧土部》：「塊，口迴反溪灰。土墣也。」《龍龕手鏡‧土部》：「塊，口內反溪隊。土塊也。」《集韻》怪韻苦怪切溪怪合「塊」「凷」並出字頭，注：「土也。」《玉篇‧土部》「塊」「凷」上下字，「塊」字注：「口潰溪隊、口迴溪灰二切。墣也。《莊子》云：『大塊。』」「凷」字注：「同上。」《儀禮‧喪服》：「居倚廬，寢苫枕塊。」《國語‧晉語四》：「過五鹿，乞食於野人，野人舉塊以與之。」

「𨸏」「土」意近，俗書「𨸏」旁「土」旁常換用，如《廣韻》至韻徐醉切「隧」字注：「俗作墜。」《集韻》圂韻盧困切「淪」「埨」字頭並出，注：「或從土。」「隤」因之而有俗形「墢」。如《篆隸萬象名義‧土部》：「墢，徒雷反定灰。墜也，壞也。」「墢」字右旁有小字「隤亻」，「亻」為更正號，意指字頭「墢」當正作「隤」，可見「隤」「墢」之亂。又如《玉篇‧土部》：「墢，徒雷切定灰。

〔註11〕本章「同形字」指概念範圍最狹的那類「同形字」，即「祇包括那些分頭為不同的詞造的、字形偶然相同的字。」（裘錫圭 2013：201）

〔註12〕《廣韻》杜回切「隤」「墢」上下字，「上同」所指即此。

〔註13〕「墜」字《玉篇》作「隊」，誤。茲徑改。

落也，壞也。與隤同。」再如《集韻》灰韻徒回切_{定灰}「隤」「墤」並出字頭，注「墤」為或作字。

「鬼」「貴」上古均在微2部，「鬼」音kǔl?，「貴」音kǔls。中古「鬼」字見母尾韻，「貴」字見母未韻，聲同，韻均在微韻系。「鬼」「貴」上古、中古音皆近，俗書「鬼」旁「貴」旁常換用，如《龍龕手鏡·食部》：「餽，或作。」「饋，正。」《集韻》灰韻胡隈切「瑰」「瓊」並出字頭，注：「或从貴。」「塊」因之而有俗形「墤」。如《集韻》怪韻苦怪切_{溪怪合}「塊」「墤」並出字頭，注「墤」為或作字。

微2部中古一等韻入灰韻系，二等韻入皆韻系。《廣韻》「塊」苦對切_{溪隊}、「墤」苦怪切_{溪怪合}均與上古到中古的韻類演變規律相合，但中古讀音韻系不同，似與正、俗字需同音的要求相違。實則不然。據《集韻》，《廣韻》「塊」字失落苦怪切_{溪怪合}。

如是，「隤」字之俗與「塊」字之俗同作「墤」形。淺人失辨，以為一字異音異義，如《龍龕手鏡·土部》字頭「墤」下注：「杜回反_{定灰}，下墜也。又苦（註14）恠反_{溪怪合}，土塊名也。」

《切三》《王三》灰韻杜回反：「墤，下墜。」P.3696V、《王一》、《王三》、《唐韻》怪韻和《王二》界韻〔註15〕均未收「墤」字。《廣韻》增收，遂與灰韻「隤」字俗書「墤」構成同形字。《廣韻》怪韻注「俗云土塊」，是，然「本音隤」之注不確，怪韻之「墤」非「隤」字俗書，「本音」之說無可依託。「墤」杜回切、苦怪切為同形異讀。

　　　侵韻　痳，力尋切。痳病。

　　　麻韻　<u>痳，莫霞切</u>。麻風，熱病。

按：「痳」字字書、音義書釋義有二，或為「疝病」，如《說文·疒部》：「痳，疝病。从疒林聲。」或為「小便難也」，如《釋名·釋疾病》：「痳，懍也。小便難，懍懍然也。」《篆隸萬象名義·疒部》：「痳，力金反_{來侵}。小便數也。」《龍龕手鏡·疒部》：「痳，音林_{來侵}。痳歷，病也。」《玉篇·疒部》：「痳，力金切_{來侵}。小便難也。」或兼二義，如慧琳《一切經音義》卷六六「痳病」

〔註14〕「苦」字《龍龕手鏡》作「若」，誤。茲徑改。
〔註15〕《王二》界韻即《切韻》系韻書之怪韻，韻目名稱不同。

條：「上立砧反_{來侵}。《聲類》云：『痳謂小便數而難出也。』《文字典說》云：『疝病也。』又云：『小便澀病也。』從疒林聲。」眾書音讀一致，皆為來母侵韻，合《說文》「林聲」之說。

《切三》《王一》《王三》《王二》麻韻莫霞反均未收「麻」字。據《廣韻》莫霞切釋義，「麻風」即為「痲風」，「痲」為「麻」之後起俗字。俗書「广」「疒」相濫。《龍龕手鏡・鹿部》：「麠，正，音京。獸名，一角，似鹿，牛尾也。」《龍龕手鏡・疒部》：「癔，俗，音京。正作麠。」《龍龕手鏡・疒部》：「瘹癇，二俗，明笑反。正作廟。」《龍龕手鏡・疒部》：「瘦，俗，音夏。正作廈。」「麻」作「痲」與「麠」作「癔」、「廟」作「癇」、「廈」作「瘦」同。又痲風，熱病也，「麻」字易蒙「病」字偏旁類化訛作「痲」。

《廣韻》侵、麻二韻之「痲」實為同形字。侵韻讀合《說文》，反映形聲字之造字理據。麻韻讀正字作「麻」，《說文・麻部》「麻」字云：「人所治，在屋下。从林从广。」本為會意字，現形隨義變，改「广」作「疒」，於造字理據實有毀傷。

麻韻讀之「痲」既為俗形，韻書本不當增列作字頭。然《集韻》同《廣韻》，「痲」亦一形二音二義，侵韻犁針切：「痲，《說文》疝病也。」麻韻謨加切：「痲，風病。」可見，至遲在北宋前期，「痲風」已是民間通行寫法。「病」義「麻」「痲」後世常用作異體字，另如「痲痺」「痲疹」，今猶見詞形「痲痺」「痲疹」[註16]。力尋切之「痲」與莫霞切之「痲」同形異讀。

> 至韻　皺，楚愧切。粟體。

> 号韻　皺，七到切。米穀雜。

按：先說「皺」字至韻讀。《王一》至韻楚類反_{初至}、《王三》至韻楚利反_{初至}：「皺，粟體。」《篆隸萬象名義・皮部》：「皺，楚累反_{初紙／真}，粟體。」《龍龕手鏡・皮部》：「皺，楚貴反_{楚未}，粟躰也。」《玉篇・皮部》：「皺，楚累切_{初真}，粟體也。」《集韻》紙韻楚委切_{初紙}：「皺，膚如粟。」至韻楚類切_{初至}：「皺，體粟。」諸書釋義一致，均為皮膚起粟粒，即今雞皮疙瘩，祇是讀音有支、脂、微韻系之別。

「皺」字讀至韻，偏旁當有表音功能。「皺」如為形聲或會意兼形聲，「左」

〔註16〕參中國社會科學院語言研究所詞典編輯室（2012：861）。

「皮」均有可能充當聲符。「左」「皮」上古都在歌1部，「𥼚」無論從「左」聲還是從「皮」聲，中古都可讀入支韻系。上舉諸書音切反映支、脂、微韻系相混，當以支韻系讀音為正。

「𥼚」字《說文》未收，但未必晚出。《集韻》戈韻倉何切清戈一：「𥼚，粟體。」釋義與諸書相同，讀音有戈一、支韻系之別。戈一、支韻系中古無混韻之理，二音成因祇能作歷時上溯。上古歌1部中古一、三等韻可分別讀入歌一戈一、支韻系，「𥼚」字中古戈一、支韻系兩讀與之相合，說明「𥼚」字上古已有。蓋因字義俚俗，非書面用字，故經籍、字書未載。

再說「𥼚」字号韻讀。上古歌1部中古無入豪韻系之理，故号韻讀之「𥼚」字非從「左」聲亦非從「皮」聲。号韻讀之「𥼚」當為會意字。「差皮」會意即為「𥼚」字《廣韻》七到切「米穀雜」義、《集韻》七到切「米未舂」義，即今米未加工去殼義。是義後又造新字「糙」，《王二》七到〔註17〕反：「糙，糯米。」《廣韻》七到切「𥼚」「糙」上下字，「糙」字注：「上同。」《集韻》七到切「糙」「𥼚」並出，注：「或作𥼚。」

「𥼚」早期文獻未見，《王一》《王三》《王二》号韻未收，但不意味著隋唐時期尚無「𥼚／糙」一詞。自古米需舂而後食，稻米加工分級先秦已有，已舂之米與未舂之米早有對應之詞（游修齡1995：251）。魏晉隋唐時期，人口持續南遷，促使南方地區稻米生產水平不斷提高。尤其是安史之亂以後，南方稻米生產迅猛發展，稻米北運（華林甫1992）。在這一背景下，稻米加工詞的使用頻率自然會相應提高。又魏晉隋唐正值俗字創造的興盛期，故稻米加工詞的俗字新造也是滿足時用之需。會意字見而知義，便用，俗字常見會意造字。稻米加工詞除「𥼚」字外，另如「䅺」字，見於《廣韻》「㩻」字注「亦作䅺」，為「㩻」字俗書。《說文·支部》：「㩻，小舂也。从支算聲。」原為形聲字，中古「支」旁表意已不明顯，遂另造新字。小舂，所以產粟也，新造俗字「䅺」正會合此意。與《廣韻》《集韻》号韻「米穀雜」「米未舂」之「𥼚」可比類觀之。

最後合併總結至韻「𥼚」字和号韻「𥼚」字。兩音字義不相關。至韻「𥼚」字形早出，至遲唐代《王韻》已見，号韻「𥼚」字形晚出，最早見於宋代《廣韻》。号韻之「𥼚」為後出俗字，與至韻之「𥼚」構成同形字。《廣韻》「𥼚」楚

〔註17〕「到」字《王二》作「至」，脫筆，誤。《廣韻》《集韻》作「到」。茲從正。

愧切、七到切為同形異讀。

　　把上舉四則寬泛地納入異讀研究的範圍，是從字形層面來說的，僅僅是說一個字形有多個讀音。嚴格來說，這類同形異讀的異讀關係不能成立。因為不同讀音並非繫於一字，而是對應不同的字，即看似是一字異讀，實際是同形字本自有不同的讀音。

　　根據不同的研究目的，對異讀關係當有辨別。如果祇是通常意義上探討漢字的形音關係，把涉及俗字的形音對應也納入異讀研究，無甚大礙，這類現象本身就是漢字形音關係錯綜的表現。但是，如果要討論涉及語義的異讀關係，或者就異讀討論語音演變，把這類形音對應用作研究對象就不合適了。尤其中古韻書異讀研究，牽涉到俗字問題在所難免，處理材料需格外謹慎。

第七章　漢語首次長元音高化鏈移和
中古韻書異讀的來源

一、現象的提出

　　中古韻書有一批字，收韻不止一處，異讀釋義相同、相近或有牽連，屬同詞，而異讀只出現在歌[註1]麻模魚虞侯豪肴尤幽韻[註2]之間。如《廣韻》「硰」三收，作可切哿一「硰石，地名」，千可切哿一「硰石，地名」，所加切麻二「硰石，地名，見《漢書》」。「薖」二收，昨何切歌一「《爾雅》曰薗薖，郭璞曰作履苴草」，采古切姥「草死，《爾雅》曰薗薖，郭璞云作履苴草」。「牏」三收，羊朱切虞「築垣短版」，持遇切遇「築垣短板」，度侯切侯「築垣短版」。「猱」二收，奴刀切豪「猴也」，女救切宥「《爾雅》曰猱蝯，善援」。

　　這類現象《廣韻》典型例組涉 76 字，異讀關係共 20 類，如下，限於篇幅此處不錄釋義，括號內為上古韻部，「／」表示前後兩切屬不同韻系，「｜」表示前後兩切屬同一韻系：

　　歌一麻二（歌）：嵯，七何／側加｜側駕；硰，作可｜千可／所加；艖，昨何／初牙；鮻，蘇禾／所加以上歌1部；薖，蘇果／沙瓦；緺，古禾／古華；䩊，古

〔註 1〕為敘述便利，本章歌韻系以開賅合，包括歌、戈韻系。
〔註 2〕個別詞還有入聲的異讀，與舒聲多為通變關係，為論述集中，本章不作討論。

火｜胡果／胡瓦_{以上歌3部}

　　歌一麻三（歌）：蛇，託何／食遮；瘥蓷，昨何／子邪_{以上歌1部}

　　麻二麻三（歌）：哆，陟駕／昌者_{以上歌1部}

　　歌一模（魚）：盧，昨何／才都；蘆，昨何／采古

　　模侯（魚）：莾〔註3〕，莫補／莫厚

　　模麻二（魚）：笯，乃都｜乃故／女加；賈，公戶／古訝；胯，苦故／苦瓜｜苦化

　　模麻三（魚）：闍，當孤／視遮；堵，當古／章也

　　模魚（魚）：楮，當古／丑呂；稌，同都／以諸；齬，五乎／語居｜魚巨

　　模虞（魚）：痛，普胡／芳無；憮，普胡｜莫胡／武夫；娛，五故／遇俱

　　麻二麻三（魚）：抯，側加／茲野｜徐野

　　麻二魚（魚）：挐挈，女加／女余；鵝，側加｜鉏加／側魚

　　麻三魚（魚）：怚，子邪／慈呂｜將預；且，七也／子魚；諸，正奢／章魚；車，尺遮／九魚；畬，式車／以諸；野，羊者／承與

　　魚虞（魚）：蘧，強魚／其俱

　　模侯（侯）：鮬，同都／度侯

　　侯虞（侯）：綸，度侯／相俞；歈，度侯／羊朱；腧，度侯／羊朱｜持遇；揄，度侯｜徒口／羊朱；窬，度侯｜徒候／羊朱；腰鸚，落侯／力朱；蔞，落侯／力朱｜力主；褸，落侯／力主；謱簍，落侯｜郎斗／力主；僂，落侯｜盧侯／力主；嶁漊，郎斗／力主；陬掫，子侯／子于；緅，子侯／子句；取，倉苟／七庾；槮，蘇后／山㺜；籔，蘇后／所矩；鴝，古侯／其俱；軥，古侯｜古候／其俱；摳，恪侯／豈俱；齵，五婁／遇俱；髃，五口／遇俱；區，烏侯／豈俱；蚼，呼后／其俱

　　侯肴（幽）：抔，薄侯／薄交

　　侯尤（幽）：雺，莫候／莫浮

　　豪尤（幽）：蝥，莫袍／莫浮；儔，都晧／直由｜直祐；幬，徒到／直由；猱，奴刀／女救；俢，古勞／其九

　　肴尤（幽）：茆，莫飽／力久；蝥，莫交／莫浮

〔註3〕「莾」，蟲聲，原在陽部，上古有一讀 maʔ 與陽部 maŋʔ 相配，maʔ 進入魚部。

虞尤（幽）：桴罦，芳無／縛謀；咻，況羽／許尤

上述異讀關係系統性很強，但明顯不合中古後期韻類合併的套路，即用通常的「混韻」無可解釋。經考察，這批異讀反映的實是漢語上古至中古的元音音變。

這批字，每組異讀上古音都來源於同一韻部，涉及歌、魚、侯、幽四部。下又可分作兩類，一類上古同部不同音，如「笯」上古魚部 na（＞乃都）、nas（＞乃故）、rna（＞女加）三音，一類上古同部也同音，如「諸」上古魚部 kljǎ（＞正奢、章魚）一音。第一類佔多數。

二、漢語首次長元音高化鏈移和中古韻的形成

（一）漢語首次長元音高化鏈移

Labov（1994：116）總結世界語言元音音變規律，提出元音鏈移音變的三條通則：長元音高化、短元音低化、後元音前化，其中長元音高化幾無反例。最有名的例子是英語長元音高化鏈移引起的元音大轉移（English vowel shift），近年來漢語方言和民族語言研究也有不少報道。

這一音變的普遍經驗在漢語通語語音史上也有印證。漢語語音史上可以觀察到兩次大規模的長元音高化鏈移事件。一次在前中古期，一次在中古以後。音變往往牽一髮而動全身，第一次鏈移引起漢語元音系統的音系重組（rephonologization），韻的格局因之大變，中古韻書很多異讀的來源和成因可以直接追溯到此次長元音高化鏈移。

圖 7.1　漢語首次長元音高化鏈移引起的上、中古韻類變動

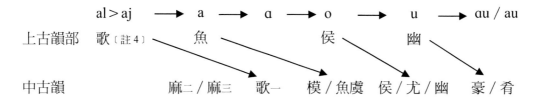

此次長元音高化鏈移為後高化，整條音變鏈分三段，複元音單化 aj＞a，單元音高化 a＞ɑ＞o＞u，高元音裂化出位 u＞əu＞ɑu／au。起點在低點，不是魚

〔註4〕上古有歌1 al、歌2 el、歌3 ol 三個韻部，歌3 部併入歌1 部後共同參與了首次長元音高化鏈移，本章所說「歌部」均合指歌1歌3 部，不包括歌2 部。

部的 a 就是歌部的 aj。朱曉農（2005）用發聲初始態來解釋這次鏈式高化的原因，提出說者啟動和聽者啟動兩種假設，並認為前者可能性更大。說者啟動由魚部 a 啟動，a 高化變作 o，留出的空位拉動歌部 aj 丟失韻尾來填補，同時推動原讀 o 的侯部高化作 u，原讀 u 的幽部受到推動，因處在最高處，只能高位出裂。聽者啟動則從歌部 aj 開始，聽者將歌部 aj 誤解錯改為 a，並重復出來，於是引起一系列的推鏈高化。

（二）語音條件、音變規則和中古歸韻

中古非三等韻和三等韻的上古來源，主要有三類說法。元音長短說（Pulleyblank1962、鄭張尚芳 1987、Starostin1989／2010：216～218、潘悟雲 2000：141～153），咽化說（Norman1994、潘悟雲 2014），元音鬆緊說（孫景濤 2005）。諸家各有持論，不過共性是明顯的。長短元音說自然肯定上古元音的長短對立，咽化說和鬆緊元音說也並不排斥元音長短的存在，無論是咽化／舌根常態，還是鬆／緊，元音長／短都是伴隨性特徵。尤其上古漸入中古，元音長短對立的特徵性會越來越明顯，逐漸成為稍後時期非三等韻和三等韻區別的主要特徵。我們的討論集中在前中古期，因此以元音長短對立為論述起點。

表 7.1 是上古歌、魚、侯、幽部經過前中古期內部和之間各種分化、合併後到《切韻》的演變結果（引自潘悟雲 2013）：

表 7.1　上古歌、魚、侯、幽部到《切韻》的演變結果

	長緊元音＞中古一二等		短鬆元音＞中古三等	
	I 類*C[l]-	II 類*Cr-	III 類*C[l]-	IV 類*Cr-
歌 al	歌（WKT）	麻二（WKR）	支 B（WK）支（T）麻三（T）	支 B（WK）支（R）
魚 a	模（WKT）	麻二（WKR）	虞（W）魚（KT）麻三（T）	虞（W）魚（KR）
侯 o	侯（WKT）	肴（WKR）	虞（WKT）	虞（WKR）
幽 u	豪（WKT）	肴（WKR）	尤（WKT）虞（P）侯（s 上 m 仄）	幽（WK）尤（R）

括號內的英文字母表示中古聲母類型。W 代表唇音以及來自上古圓唇的喉、軟腭音，K 代表來自上古非圓唇的喉、軟腭音，R 代表捲舌銳音（知、莊），T 代表非捲舌的銳音，m、s 代表聲母 m-、s-，P 代表唇音。

上表顯示的中古歌麻模魚虞侯豪肴尤幽韻和上古韻部來源的對應關係，

正是首次長元音高化鏈移發生後的結果。歌部讀入支韻隸屬於元音前高化音變鏈，不屬於後高化，故下文不涉及。

　　首次長元音高化鏈移事件中，影響元音音變走向的語音條件要者有四：元音是長是短，聲母輔音是否是上古 Cr-型，聲母輔音到中古前期是否是 T 類〔註5〕，或者是否來源於 W 類。

　　音變規則最主要的是長元音高化規則和短元音長化規則，時間關係是前者對後者的完全涵合（incorporating），即長元音高化規則應用的起始時間早於短元音長化規則，且長元音高化規則應用的結束時間晚於短元音長化規則。高化鏈移最初參與的只有原長元音，稍後時期長化後的原短元音也參與進來，不過在音變時間上落後於同韻部的原長元音。所以，上古至中古的歸韻格局，總體而言，歌麻模魚虞侯豪肴尤幽諸韻中，有共同上古韻部來源的一等韻和三等韻之間，一等韻主元音往往較三等韻顯示出音變鏈上更先進的元音音變形式，如上古同為侯部 o 的中古侯韻 u 和虞韻 io。高化規則和長化規則的作用是全局性的，適用於所有元音，音變條件為元音自身，與前接輔音沒有關係（趙庸2020a）。

　　另外還有三條規則也發生了作用。第一條規則是 r 後接元音的央化、後化、圓唇化規則。表現為同上古韻部來源的中古二等韻和一等韻中古分為不同的韻，二等韻的分出是受到了 r 的央化影響。第二條規則是 T 類輔音後接低元音的非高化規則。該規則作為高化規則的阻斷規則（bleeding rule），直接造成了麻三韻作為魚部、歌部元音高化殘留形式的形成〔註6〕。第三條規則是 W 類輔音後接半開圓唇元音高化及合口介音增生規則。這條規則發生作用使魚部魚韻 W 類聲母條件的那部分併入侯部虞韻，形成《切韻》虞韻（趙庸2020a）。這三條規則只作用於特定的語音條件，即只適用於和特定輔音相連接的元音。

　　前中古期，漢語元音因不同的語音條件在不同的音變規則作用下輸出不同的語音形式。概括如下：

〔註5〕中古 T 類聲母包括精組、章組、來母、日母、以母，有[+銳音]特徵。

〔註6〕從結構性音變的角度考慮，麻三韻之於歌部的殘留隸屬於元音前高化音變鏈。不過，來源於歌部短元音的麻三韻於歌部主元音未高化，仍是 a，而歌部長元音音變隸屬於後高化音變鏈，所以，鑒於長短元音統一論述的便利，本章討論後高化鏈移時一併討論歌部進入麻三韻的音變。

R1　　長元音高化規則　a→ɑ〔註7〕　ɑ→o　o→u　u→ɑu / æu〔註8〕

R2　　短元音長化規則　ă→ia　ŏ→io　ŭ→iu

R3a　r 後接元音的央化規則　a→æ / Cr_____　u→æu / Cr_____

R3b　r 後接元音的後化、圓唇化規則　o→u / Cr_____

R4　　T 類輔音後接低元音的非高化規則　a→a / T_____

R5　　W 類輔音後接半開圓唇元音高化及合口介音增生規則　io〔註9〕→wio / W_____

表 7.2　五大音變規則與《切韻》歸韻

	歌部 al / ăl	魚部 a / ă	侯部 o / ŏ	幽部 u / ŭ
R1	歌一ɑ〔註10〕	模 o 魚 io 虞 wio	侯 u 肴 ræu	豪 ɑu 肴 ræu
R2	麻三ia	魚 io 虞 wio 麻三ia	虞 wio	尤 iu 幽 iw
R3a	麻二ræ	麻二ræ	肴 ræu	肴 ræu
R3b	────	────	肴 ræu	────
R4	麻三ia	麻三ia	────	────
R5		虞 wio		

　　歌魚部麻三韻、魚部魚虞韻、侯幽部肴韻均有不止一處列位，說明是不止一條規則作用的結果。如魚部麻三韻，先在規則 2 的作用下發生音變 ă>ia，然後因規則 4 的作用主元音不再進行高化音變 ia>io，而是留滯作 ia。魚部虞韻，先在規則 2 的作用下發生音變 ă>ia，而後因規則 1 的作用主元音高化 ia>io，最後因規則 5 的作用主元音繼續高化並增生合口介音 io>wio。侯部肴

〔註7〕嚴格地說，a→ɑ 為後化，u→ɑu / æu 主元音低化，均非高化，放在規則 1 下一起呈現是因為二者與 a→o、o→u 音變構成高化鏈移的同鏈關係。

〔註8〕中古二等韻的 a 實際音值為 æ，參鄭張尚芳（2003：73）、黃笑山（2006）、潘悟雲、張洪明（2013）。

〔註9〕魚韻 o 的實際音值為 ɔ，參邵榮芬（1982：133）、黃笑山（1995：195）、潘悟雲（2000：86）。

〔註10〕本書中古音系據黃笑山（2002a，2002b）。陸志韋（1947 / 1971：66～67）、周法高（1948）、董同龢（1954 / 2001：165～179）、李榮（1956：150～151）、Hashimoto（1978～1979：393～396）、邵榮芬（1982：132～133）、Pulleyblank（1984）、王力（1985：220～227）、鄭張尚芳（1987）、余迺永（1993）、麥耘（1995）、潘悟雲（2000：89～90）、黃笑山（2002a，2002b）構擬中古音，①歌一麻二麻三魚豪肴韻基本一致，音值或有小異，②模虞韻諸家差異主要在有無合口介音，③侯尤幽韻主要是有無二合元音化或三合元音化，①②諸韻主元音在後高化音變鏈上所處的音變階段諸家意見統一，③侯尤幽韻在後高化音變鏈上所處的音變階段諸家認識不同，不過不影響本章關於元音鏈移和中古韻的討論。總之，這些韻諸家擬音一致度很高，無本質區別，可不作深究。黃笑山（2002a，2002b）擬音屬音位化構擬，為避免牽涉過於枝蔓的音值討論，故從之。

韻，先受規則 3b 作用發生音變 ro＞ru，再受規則 1、規則 3a 的合併作用發生音變 ru＞ræu。

　　凡是來自上古歌、魚、侯、幽部，且未發生前高化的《切韻》音，都可從上述五大規則得到解釋。上古同韻部的讀音，後期因語音條件不同、受制的規則不同、規則作用的時間不同，會走上不同的音變道路，發展到中古進入不同的韻，就可能形成中古異讀。

三、來自上古同部異音的中古同詞異讀

　　《廣韻》大部分詞的中古異讀，上古來源韻部相同而讀音不同，即 ccCccVcc 的音節結構中，聲母 ccCcc 和後置韻尾 c 都可能不同，韻基 Vc 或者完全相同，如「賈」ɑːa，或者 V 只存在元音長短差異，如「蓌」aːă、「斞」oːŏ、「蟊」uːŭ。

表 7.3　來自上古同部異音的中古同詞異讀例

字	諧聲	韻部	上古擬音	中古音切《廣韻》	中古聲韻	音變	規則
蓌	力聲	歌₁部	zal	昨何切	從歌一	a＞ɑ	R1
			săl	子邪切	精麻三	ă＞ia	R2 R4
賈	丙聲	魚部	klaʔ	公戶切	見模	a＞ɑ＞o	R1
			kras	古訝切	見麻二	ra＞ræ	R3a
斞	俞聲	侯部	g·lo	度侯切	定侯	o＞u	R1
			lŏ	羊朱切	以虞	ŏ＞io	R2
蟊	矛聲	幽部	mru	莫交切	明肴	ru＞ræu	R1 R3a
			mŭ	莫浮切	明尤	ŭ＞iu	R2

（一）音變主體層的中古異讀關係

　　新語法學派認為「語音規律無例外」，某一語音條件下，受音變規則作用，語音 A 變為語音 B，A 音的所有詞都變，沒有例外，如有例外當可解釋，所謂例外有例外的規律。詞彙擴散學說（Wang1969）彈性地解釋例外的發生，認為音變以詞為單位進行，不同詞的變化速度有快慢。潘悟雲（2010）指出，同一條音變鏈上，音變的不同階段可以以詞彙擴散的方式反映出來，相同語音條件的一批詞，大部分會以相同速度變作一個音，構成主體層（main stratum），音變速度快的構成超前層，慢的構成滯後層。

　　表 7.1 是對上古至中古歌、魚、侯、幽部主體層音變結果的概括，來自這四部的所有由主流音變構成的中古異讀關係都可以由表 7.1 導出，共 22 種類型。歌部：<u>歌一麻二</u>、<u>歌一麻三</u>、<u>麻二麻三</u>，魚部：<u>模麻二</u>、<u>模麻三</u>、<u>模魚</u>、<u>模虞</u>、<u>麻二麻三</u>、<u>麻二魚</u>、<u>麻二虞</u>、<u>麻三魚</u>、麻三虞、魚虞，侯部：侯肴、<u>侯虞</u>、<u>肴虞</u>，幽部：豪肴〔註11〕、<u>豪尤</u>、<u>豪幽</u>、肴尤、肴幽、尤幽。《廣韻》典型例組的 76 字只反映了其中一部分，用波浪綫標出，共 14 種。

　　這 14 種異讀類型，有些詞《廣韻》讀音失收，未顯示如是異讀關係，同時期文獻音義有反映。如：

　　「奓」，多聲，上古歌₁部，《廣韻》二收，陟加切「張也」，陟駕切「張也，開也」，義同，均麻二韻，麻二麻三異讀不顯。《莊子・知北遊》：「妸荷甘日中奓戶而入。」《釋文》：「奓，郭處野反，又音奢，徐都嫁反，又處夜反，司馬云開也。」處野反、音奢、處夜反同麻三韻，都嫁反麻二韻，麻二麻三異讀，可補《廣韻》之缺。

　　「挫」，坐聲，上古歌₃部，《廣韻》一收，則臥切「摧也」，過一韻，歌一麻二異讀不顯。《周禮・考工記・輪人》：「凡揉牙，外不廉而內不挫、旁不腫，謂之用火之善。」《釋文》：「作臥反，李又祖加反。」作臥反過一韻，祖加反麻二韻，歌一麻二異讀，可補《廣韻》之缺。

　　「罝」，且聲，上古魚部，《廣韻》一收，子邪切「兔罝也，《詩》有《兔罝》篇」，麻三韻，麻三魚異讀不顯。《詩經・周南・兔罝》「兔罝」《釋文》：「罝音子斜反，菟罟也，《說文》子余反。」子斜反麻三韻，子余反魚韻，麻三魚異讀，可補《廣韻》之缺。

　　「拘」，句聲，上古侯部，《廣韻》一收，舉朱切「執也」，虞韻，侯虞異讀不顯。《禮記・曲禮上》：「凡為長者糞之禮，必加帚於箕上，以袂拘而退。」《釋文》：「拘而，古侯反，徐音俱。」古侯反侯韻，音俱虞韻，侯虞異讀，可補《廣韻》之缺。

　　「蝤」，酉聲，上古幽部，《廣韻》二收，即由切「蝤蛑，似蟹而大，生海邊也」，自秋切「蝤蠐，蝎也」，皆尤韻，豪尤異讀不顯。《詩經・衛風・碩人》：「領如蝤蠐，齒如瓠犀。」《釋文》：「蝤，似脩反，徐音曹。」似脩反尤韻，音

〔註11〕該異讀類型其實《廣韻》也有，參下文「挱」字異讀的說明。

曹豪韻，豪尤異讀，可補《切韻》之缺。

　　上舉情況同類例證很多。同時期文獻音義的異讀類型與《廣韻》呼應，且於具體詞音可補《廣韻》之缺，可見中古時期這些異讀類型普遍存在。

　　《廣韻》76 字例組沒有出現的異讀類型，同時期文獻音義也有反映。如：

　　「陓」，于聲，上古魚部，《廣韻》一讀，憶俱切「陽陓，澤名」，虞韻。《爾雅‧釋地》：「秦有楊陓。」《釋文》：「陓，孫於于反，郭烏花反。」於于反虞韻，烏花反麻二韻，魚部麻二虞異讀，該類型《廣韻》無。

　　「荂」，于聲，上古魚部，《廣韻》二音，芳無切「荂榮之皃」，況于切「上同」，上為「蒡」：「草木華也」，二切皆虞韻。《莊子‧天地》：「大聲不入於里耳，《折楊》《皇荂》，則嗑然而笑。」《釋文》：「皇荂，況于反，又撫于反，本又作華，音花，司馬本作里華。」《說文‧蒡部》以「荂」為「蒡」之或體：「蒡或从艸从夸。」段玉裁注「蒡」字：「此與下文葟音義皆同。」徐灝箋：「蒡華亦一字。」則「蒡」「荂」「華」可通，《釋文》「荂……本又作華，音花」謂「花」為「荂」之音。況于反、撫于反皆虞韻，音花麻二韻，魚部麻二虞異讀，該類型《廣韻》無。

　　「茆」，卯聲，上古幽部，《廣韻》一讀，莫飽切「鳧葵」，肴韻。《詩經‧魯頌‧泮水》：「思樂泮水，薄采其茆。」《釋文》：「其茆，音卯，徐音柳，韋昭萌藻反，鳧葵也。」音卯肴韻，萌藻反豪韻，幽部豪肴異讀，該類型《廣韻》未出示。

　　「觓」，求聲，上古幽部，《廣韻》一讀，渠幽切「匕曲皃」，幽韻。《左傳‧成公十四年》：「故《詩》曰：兕觥其觓，旨酒思柔。」《釋文》：「其觓，徐音虯，又巨彪反，一音巨秋反。」音虯、巨彪反音同，幽韻，巨秋反尤韻，幽部尤幽異讀，該類型《廣韻》無。

　　上舉情況同類例證不少，這些異讀類型雖《廣韻》76 字例組未顯示，但中古時期真實存在是可確信的。

　　中古異讀材料，如有溢出這 22 種類型的，就要考慮其他成因，可能是音變超前音、滯後音，也可能是文獻差誤、文字通借、語流音變、方俗差異等方面的原因。

（二）與音變超前層、滯後層相關的中古異讀關係

中古異讀關係的形成有時會有超前音、滯後音的參與，這些異讀並不能被上述 22 種類型涵括。不過，這些類型也是可以預測的。表 7.4 是對歌、魚、侯、幽部中古韻主體層、超前層、滯後層的概括，大號加粗字體表示主體層，主體層右邊是超前層，左邊是滯後層，陰影表示就高化音變鏈看，該處不當出現音讀。

表 7.4　上古歌、魚、侯、幽部中古主體層、超前層、滯後層的推導模型

部	等韻						等韻		肴
歌部	一等韻	**歌一**	模		侯	豪	二等韻	麻二	肴
	三等韻	**麻三**	魚虞		尤幽				
魚部	一等韻	歌一	**模**		侯	豪	二等韻	麻二	肴
	三等韻	麻三	**魚虞（W）虞（KTR）**		尤幽				
侯部	一等韻	(陰影)	模		**侯**	豪	二等韻	(陰影)	肴
	三等韻		**虞**		尤幽				
幽部	一等韻	(陰影)	(陰影)		侯	豪	二等韻	(陰影)	肴
	三等韻		*虞（P）*〔註12〕		尤幽				

據表 7.4，有超前音、滯後音參與的異讀類型可以較多樣。以侯部為例，侯韻屬中古主體層的讀音，如果異讀關係是「侯韻＋超前音」，可能的類型有 3 種：侯豪、侯尤、侯幽，如果是「侯韻＋滯後音」，可能的類型有 1 種：侯模，如果是「超前音＋超前音」，可能的類型有 3 種：豪尤、豪幽、尤幽，如果是「超前音＋滯後音」，可能的類型有 3 種：豪模、尤模、幽模，不可能出現「滯後音＋滯後音」，所以總共 10（＝3＋1＋3＋3）種類型，多於「主體層＋主體層」的 3 種：侯肴、侯虞、肴虞。其他韻的異讀大都也是這一情況。

但是，文獻中涉及超前音、滯後音的異讀實際出現得非常少，因為畢竟主體層讀音在數量上佔絕對多數，超前、滯後都屬「例外」，只是少部分，另外，受音變規律的制約，前後錯階的可能性都不會太大，在音變鏈底端或頂端機會纔或許略多，至於說要錯階幾階，可能性就更小了。特別是處在音變鏈中段的元音，上有上位元音的阻力，下有下位元音的推力，要出現超前或滯後都不太容易。如侯部字《廣韻》異讀，基本是侯虞組合，涉及超前音或滯後音的很少。

歌、魚、侯、幽部與音變超前層、滯後層相關的中古異讀，前舉《廣韻》

〔註12〕嚴格地說，幽部中古讀虞韻不屬於滯後音，參下文「桴」「罦」異讀的說明。

例組十見，韻的上古來源除一例為侯部外，其他不是音變鏈底端的魚部〔註13〕就是頂端的幽部：

魚部＞歌一模異讀：盧，昨何切歌一、才都切模；蘆，昨何切歌一、采古切模

魚部＞模侯異讀：莽，莫補切姥、莫厚切厚

魚部＞魚虞異讀：蕖，強魚切魚、其俱切虞

侯部＞模侯異讀：覦，同都切模、度侯切侯

幽部＞侯肴異讀：抙，薄侯切侯、薄交切肴

幽部＞侯尤異讀：雺，莫候切候、莫浮切尤

幽部＞虞尤異讀：桴，芳無切虞、縛謀切尤；罦，芳無切虞、縛謀切尤；休，況羽切麌、許尤切尤

魚部「莽」莫補姥、莫厚厚兩讀，屬「主體層＋超前音」，模韻o是主體層的讀音，侯韻讀u由模韻主元音繼續高化而來，o＞u，超前了。魚部「蕖」強魚魚、其俱虞兩讀，屬「主體層＋超前音」，兩讀上古音 glǎ，K類聲母，魚韻 iɔ 是主體層的讀音，虞韻讀 wio 為主元音繼續高化並增生合口介音的結果，iɔ＞wio，超前了。

侯部「覦」同都模、度侯侯兩讀，屬「滯後音＋主體層」，侯韻u是主體層的讀音，侯部非 Cr-型輔音的長元音 o 本當高化 o＞u，現在留在 o 的階段，讀入模韻，滯後了。幽部「抙」薄侯侯、薄交肴兩讀，「雺」莫候候、莫浮尤兩讀，屬「滯後音＋主體層」，肴韻 au、尤韻 iu 是主體層的讀音，幽部非 Cr-型輔音的長元音 u 本當沿 u＞əu＞ɑu 的路徑讀入豪韻 ɑu，現留在 u 的階段，讀入侯韻 u，滯後了。

魚部歌一模異讀是否是「滯後音＋主體層」，論元音於音變鏈的位置，可以說是。魚部長元音主流進入模韻 a＞o，如果未高化至 o，處於 a、o 之間的 ɑ，讀入歌一韻，便是滯後。但是上古歌魚部已有少部分詞混部，對這類魚部字來說，中古歌一韻可能是從上古歌部變入的，這樣就不宜將歌一模異讀簡單地看作是「滯後音魚部歌韻＋主體層魚部模韻」的關係，而應是「主體層歌部歌韻＋主體層魚部模韻」，甚至是「主體層歌部歌韻＋超前音歌部模韻」。「盧」「蘆」歌一模異

〔註13〕前中古期長元音高化鏈移，如果是說者啟動，魚部是底端鏈階，如果是聽者啟動，歌部是底端鏈階，魚部是次底端鏈階，無論哪一種啟動方式，魚部元音 a 都處在音變鏈元音舌位的最底端。

讀可認為是「滯後音＋主體層」的關係，因為暫未見有押韻、通假、異文等材料提示魚部字「盧」「薸」曾混入歌部。

幽部虞尤異讀，就音變鏈的位置看，虞韻 io 似乎是尤韻 iu 的降階形式，但嚴格說來，幽部的虞尤異讀不是高化鏈移論題所說的「滯後音＋主體層」關係，因為雖然尤韻是主體層，但是虞韻並非尤韻的滯後形式。尤韻來自幽部短元音，ŭ 長化並增生介音 i 後變為 iu，尤韻 iu 不是從虞韻讀的 io 高化而來的。不過，中古韻書中確實有一批幽部唇音字整齊地讀入虞韻，如「枹孚郛簩俘殍孵稃莩桴」，傾向明顯，我們認為，這是音節輔元組合諧調性要求造成的。尤韻，如果聲母是唇音，Priu 的發音就會是一個圓唇展唇再圓唇的連續過程，過於繁複，而且自然狀態下音節末尾的發音狀態會趨於鬆弛，如果元音舌位稍低，圓唇度稍減，元音就由 u 變作 o，尤韻 iu 就讀入了虞韻 io。幽部字「桴」「罘」讀虞韻芳無切 pʰwrio（＜pʰriu）〔註14〕，大致是這麼來的，幽部字「咻」讀虞韻況羽切 hwrio（＜hriu），道理也類似〔註15〕。幽部來源的虞尤異讀，尤＞虞與高化鏈移反向，音變動因不是低位元音的推動，而是音節內部的調整，發生限於特定的語音條件，只在小範圍內獨立發生，像幽部虞韻這樣的讀音，實際是獨立變異音。

如果語音現象是語音因素引起的，應可得到普遍音理的解釋，中古文獻中主體層、超前層、滯後層的異讀關係判定應可得到其他材料，特別是類似的同鏈關係（relationship of same chain）的支持。上文談到豪韻字「挴」滯留在侯韻，漢語方言有不少同類現象可作佐證，如吳語溫州話：膏蠣~:牡蠣 kau¹、鎬十字~ kau¹、銬手~kʰau⁵、藃小魚干 kʰau⁵，龍泉話：篙 kiu¹，龍游話：好 xɯu¹，松陽話：好 hei³，閩語建甌話：毒 tʰe⁶，廈門話：毒 tʰau⁶，都是豪韻字混入侯韻讀（潘悟雲 2015）。

當然，韻書也有自證。還是以長元音來源的一等韻為例。魚部主體層中古一等韻入模韻，《廣韻》讀入歌一韻的有：鄺䑛昨何疟古禾｜苦禾厄五禾｜五果爸捕可鍺丁果娿奴果｜五果扡奴果柁烏可縛符臥作〔註16〕則簡譜措千過箇個古賀。侯部主體層中古一等

〔註14〕唇音聲母自帶合口成分，尤韻唇音音節本無合口介音，變入虞韻時經音系調整，合口成分強化，形成明顯的時長，即為 w 介音。

〔註15〕「咻」曉母，曉母上古音 qʰ，小舌音，發音部位相當靠後，自然態伴有圓唇勢，這可能在早期即助推「咻」由尤韻讀入虞韻。

〔註16〕「作」「譜」，乍聲、昔聲，原在鐸部，上古有一詞形有 s 尾，則進入魚部。

韻入侯韻,《廣韻》讀入模韻的有:樸〔註17〕菩〔註18〕薄胡 狢瞀莫胡部裴古 愗莫補 舽薄故。幽部主體層中古一等韻入豪韻,《廣韻》讀入侯韻的有:裒薄侯 鞍速侯 掊方垢 牡莫厚 叟安佝睺諉睺 庩齠蘇后 茂貿鄮戊莫候 透他候 謏蘇奏。以上屬滯後音。《廣韻》還有魚部中古一等韻讀入侯韻的例子:轉蒲候,為超前音。

上舉韻書字的讀音大部分為滯後音。其中有些字不對應常用詞,而通常認識認為常用詞纔較容易涉及滯後音。我們認為,誠然,由於韻書讀音來源的複雜性和韻書的層累性質,韻書中這些字的韻讀可能並非全都真實對應滯後、超前的語音實際,不過考慮到同類音例數量多,以及音例指向的音變方向和音變結果呈現規律性,因此將這些讀音理解為反映音變鏈上存在音變速度差異的可能,應無大礙。

四、來自上古同部同音的中古同詞異讀

一些詞的中古異讀,上古不僅來源於同一個韻部,而且來源於同一個音,如《廣韻》「諸」:

表 7.5　「諸」字例

字	諧聲	韻部	上古擬音	中古音切《廣韻》	中古聲韻	音變	規則
諸	者聲	魚部	kljǎ	正奢切	章麻三	ǎ > ia	R2 R4
				章魚切	章魚	ǎ < ia > iɔ	R2 R1

這類異讀數量不多,這些詞主要出現在魚部原短元音一類,中古集中表現為麻三魚異讀,這不是偶然的。這類異讀對反映漢語歷史語音的共時變異有重要的揭示意義。

(一)魚部麻三魚異讀反映的音變性質

表 7.6 是魚部短元音來源上古已見字的中古音讀統計,數字表示字數,雙框綫表示主體層讀音,陰影表示該聲母條件下主流音變不變入。

〔註17〕「樸」「幣」「醫」,業聲、孜聲,原在屋部,上古有一詞形有 s 尾,則進入侯部。
〔註18〕音聲、某聲,原在之部。兩漢時期之部所有的尤侯兩類字,魏晉時期轉入侯部(周祖謨 1948 / 2007a:340),「菩」「部」「愗」屬此類。

表 7.6　魚部短元音來源上古已見字的中古音讀統計

上古韻部	中古韻	中　古　聲			
		W	K	T	R
魚部	麻三韻	1	0	51	0
	魚韻	0	130	183	97
	虞韻	184	3	0	0
滯留率		0.54% =（1+0）/（1+0+184）	0% =0/（0+130+3）	21.79% =51/（51+183+0）	0% =0/（0+97+0）

　　從字數看，規律很明顯，一類聲母條件下魚部短元音主流只變入一個中古韻，主流音變結果和主體層重合，W 類變入虞韻，K 類變入魚韻，R 類變入魚韻，只有 T 類特殊，同時變入兩個韻，麻三韻和魚韻。入韻情況的不同提示了音變性質的區別。

　　單系統自發音變主要有兩類，連續式音變和擴散式音變。連續式音變的發生以單音系內部的語音為條件，要變一起變，步調整齊，不太會有例外，即便因非語音要素的影響而有個別遺留，比例也很低，一般在 7%以內（王洪君 2010）。擴散式音變逐詞進行，語音突變，詞彙漸變，音變進程常常呈現出參差之態，如果音變受干擾而中斷，很容易形成一定量的殘留，比例通常在 10%以上（Wang1969）。魚部短元音 W、K、R 類滯留率為 0%或接近 0%，符合連續式音變，T 類在 21.79%，符合擴散式音變。

　　首次長元音高化鏈移過程中，上古歌、魚、侯、幽部，只有魚部短元音後來的高化遭遇了外力的干擾、破壞。魚部短元音長化後，本當繼而高化（規則1），W、K、R 類聲母都順利完成了這一過程，讀入中古魚韻[註19]，而 T 類聲母的〔+銳音〕特徵牽制了後接低元音 a 的高化（規則4），導致這類魚部只有部分升入更高舌位讀為魚韻，還有一部分滯留下來，和歌部短元音來源的那部分合流為麻三韻（趙庸 2020a）。魚部高化音變中斷，部分殘留為麻三韻，是規則4 和規則1 發生競爭、規則4 對規則1 干擾、破壞的結果。魚部麻三魚異讀反映前中古期元音高化進程中曾發生的擴散式音變。

（二）上古魚部同音中古麻三魚異讀詞於擴散式音變的意義和價值

　　詞彙擴散理論（Lexical diffusion theory）常以表 7.7（參看 Wang1969）的形

[註19] W 類後來還繼續發生高化等音變，在《切韻》前不久讀入虞韻，參趙庸（2020a）。

式模型化詞彙擴散過程的共時觀察。U 表示未變，V 表示變異，C 表示已變。W_1 是變得最快的詞，音變完成，W_2 音變正在進行中，W_3 音變尚未開始。$W_2 \sim W_2$ 是最關鍵的一步，兩音並存意味著詞彙上的漸變。

表 7.7　詞彙擴散的階段與過程

詞＼階段	U	V	C
W_1			W_1
W_2		$W_2 \sim W_2$	
W_3	W_3		

　　如果共時系統中可以捕獲分處這三個階段的詞語讀音，說明音變擴散正在發生。如果歷時系統中有三階段對應的語音形式，這些語音便是某一段歷史時期擴散式音變過程的化石化遺存。

　　韻書通常只有 U、C 兩個階段的語音反映，因為 V 階段音變剛開始時，新讀音 W_2 未必能被韻書接納，作為典正讀音記錄下來，而音變一旦完成，$W_2 \sim W_2$ 的共時變異即消失。受音變過程「視窗」時長的限制，V 階段很不容易被韻書捕捉到，而如果沒有 V 階段的證據，要推斷韻書以為基礎的真實語言曾發生擴散式音變，可信度就有缺憾。所以，只有歷史上在 V 階段曾發生規則相互競爭，甲規則被乙規則干擾、破壞，中斷或未能圓滿進行，$W_2 \sim W_2$ 的語音形式和音變殘留被韻書保存下來，纔可能留下借以確認音變方式的證據。

　　幸而，魚部 T 類聲母短元音長化後進行的高化音變過程中，真的適時發生了這樣的競爭、干擾，產生了殘留，並被記錄在中古韻書中。「諸」字，上古一讀，中古正奢_{章麻三}、章魚_{章魚}二切，兩讀相當於 V 階段 $W_2 \sim W_2$ 的語音形式，反映的正是魚部詞彙擴散過程中極重要的一環，這兩個讀音曾經作為語音的共時變異，映射的是前中古期規則 1 和規則 4 的競爭關係，而正奢切_{章麻三}作為 W_2 的讀音，就是競爭的殘留。

　　韻書並非孤證，同時期的文獻音義可與《廣韻》呼應，豐富此類異讀實例。如「餘」「野」，《釋文》音如下：

表 7.8 「餘」「野」字例

字	諧聲	韻部	上古擬音	中古音切《釋文》	中古聲韻	音變	規則
餘	余聲	魚部	Glă	以嗟反	以麻三	ă > ia	R2 R4
				如字（以諸反）	以魚	ă < ia > iɔ	R2 R1
野	予聲	魚部	Glă?	羊者反	以麻三	ă > ia	R2 R4
				以汝反／羊汝反／音與	以魚	ă < ia > iɔ	R2 R1

「餘」，《廣韻》僅一讀，以諸切以魚，異讀關係失落。《釋文》可補。《莊子·讓王》：「道之真以治身，其緒餘以為國家，其土苴以治天下。」《釋文》：「緒餘，並如字，徐上音奢，下以嗟反。」「餘」如字即音以諸反。以嗟以麻三、以諸以魚二讀上古源自一音 Glă，中古相當於 V 階段 W2～W2 的讀音，以嗟反以麻三是音變未完成的 W2 的語音形式，屬殘留。

「野」，《廣韻》二音，羊者切以馬三、承與切禪語，均訓「田野」，二音上古異源，非上述 W2～W2 的關係。《釋文》可做補充。「野」《釋文》四注。《詩經·邶風·燕燕》：「之子于歸，遠送于野。」《釋文》：「于野，如字，協韻羊汝反，沈云協句宜音時預反。」《周禮·夏官·職方氏》：「其澤藪曰大野。」《釋文》：「大野，如字，劉音與。」《禮記·樂記》：「且女獨未聞牧野之語乎？」《釋文》：「牧野，音也，徐又以汝反。」《爾雅·釋地》：「牧外謂之野。」《釋文》：「野，本或作埜，古字，羊者反。」如字、音也、羊者反同以馬三，羊汝反、音與、以汝反同以語，前一音《廣韻》有，後一音《釋文》補《廣韻》之未收。羊者以馬三、羊汝以語二反上古源出一音 Glă?，中古相當於 V 階段 W2～W2 的語音形式。《釋文》以羊者一讀為首音，為標準音，羊汝一讀為又音，為協韻音，又以羊者反之「埜」為「野」之古文，可見《釋文》以羊者反為早期讀音，基本讀音，相較之下，羊汝反即為後出讀音，變通讀音，如此種種，均指向羊者反以馬三是音變規則競爭的殘留。

五、餘　論

上述討論集中在繫於同一字形的同詞異讀，就大局看，中古韻書歌麻模魚虞侯豪肴尤幽韻之間這類異讀的形成可直接導因於漢語首次長元音高化鏈移事件。選擇同詞異讀，只是做入手性的研究，盡量選擇相對單純的語言要素，其實同字形的中古異詞異讀主要也是同樣的成因。如《廣韻》：

歌一麻二（歌）：

khlol〔註20〕秼，苦禾切溪戈一，青秼，麥名。

grolʔ秼，胡瓦切匣馬二，淨穀。

模麻二（魚）：

gaʔ苄，侯古切匣姥，地黃。　gras 苄，胡駕切匣禡二，蒲苹，草。

侯虞（侯）：

gəro 摟，落侯切來侯，探取。　gərŏ 摟，力朱切來虞，曳也。

豪尤（幽）：

g·lus 儔，徒到切定号，隱也。　g·lŭ 儔，直由切澄尤，儔侶也。

還有些字形，既牽涉同詞異讀，又牽涉異詞異讀，交錯在一起，構成中古的同字異讀，此類異讀關係仍可追因至首次長元音高化鏈移。如《廣韻》：

模麻二麻三（魚）：

g·la / g·ra 荼，同都切定模，苦菜。／宅加切澄麻二，苦菜。

Gljă 荼，食遮切船麻三，《爾雅》云：蒪、葭，荼，即芳也。

還有些詞經歷形音义分化，字形有所差異，中古異讀關係的由來仍可作同類觀。如《廣韻》：

模麻二（魚）：

klaʔ賈，公戶切見姥，商賈。　kras 賈，古訝切見禡二，賈人，知善惡。

kras 價，古訝切見禡二，價數。

「賈」中古公戶、古訝兩讀為上古動名構詞產生的異讀〔註21〕，「價」為「賈」名詞義的後起分化字。「賈」「價」模麻二異讀反映上古以降的形音義分化。

詞音的區別或者分化，詞與音的搭配，除語音因素外，還可能涉及形態、方言等問題。不過，單就語音及其演變論，漢語首次長元音高化鏈移對解釋中古韻書歌魚侯幽部來源的歌麻模魚虞侯豪肴尤幽韻異讀的由來是有普適意義的。

〔註20〕字前所標為上古擬音，下同。

〔註21〕「賈」公戶切本義為動詞買賣，引申為名詞做買賣的人，參王月婷（2014：256）。

附　錄

表 7.9　與漢語首次長元音高化鏈移相關的上古歌、魚、侯、幽部至中古韻的演變

上 古			→ 高化 → 高化 → → 長化 →	中 古		音變 規則
韻部	元音	墊音		等	韻	
歌部	長緊元音	∅	al＞aj ＞ a ＞ a ＞ ɑ	一等韻	歌一韻	R1
	長緊元音	r	al＞aj ＞ a ＞ a ＞ æ	二等韻	麻二韻	R3a
	短鬆元音	∅	ǎl＞ǎj ＞ ǎ ＞ ia	三等韻	麻三韻	R2 R4
魚部	長緊元音	∅	a ＞ ɑ/ɔ＞ɑ/ɔ＞ o	一等韻	模韻	R1
	長緊元音	r	a ＞ a ＞ a ＞ æ	二等韻	麻二韻	R3a
	短鬆元音	∅	ǎ ＞ ǎ ＞ ia	三等韻	麻三韻	R2R4
	短鬆元音	∅/r	ǎ ＞ ǎ ＞ ia ＞ iɔ ＞（wio）	三等韻	魚（虞）韻	R1 R2（R5）
侯部	長緊元音	∅	o ＞ u ＞ u	一等韻	侯韻	R1
	長緊元音	r	o ＞ u ＞ u ＞ au	二等韻	肴韻	R1 R3b R3a
	短鬆元音	∅/r	ǒ ＞ ǒ ＞ io	三等韻	虞韻	R2
幽部	長緊元音	∅	u ＞ əu ＞ əu ＞ ɑu	一等韻	豪韻	R1
	長緊元音	r	u ＞ əu ＞ əu ＞ au	二等韻	肴韻	R1 R3a
	短鬆元音	∅/r	ǔ ＞ ǔ ＞ iu	三等韻	尤（幽）韻	R2

　　從結構性音變的角度看，陰影部分不在元音後高化鏈移的討論範圍中。「長化」這一段長元音沒有出現舌位的升高，這只是做表時為了突顯該階段短元音音節的長化音變，並不是說該階段長元音就暫停高化了。漢語首次長元音高化鏈移的音變動因、具體過程和中古韻的形成請參看趙庸（2020a）。

參考文獻

1. 鮑厚星，2006，《湘方言概要》，長沙：湖南師範大學出版社。

2. 北京大學中國語言文學系語言學教研室，2003，《漢語方音字彙》，北京：語文出版社。

3. 邊田鋼、黃笑山，2018，《上古後期支、脂、之三部關係方言地理類型研究》，《浙江大學學報（人文社會科學版）》第 4 期，140～157。

4. 蔡夢麒，2007，《廣韻校釋》，長沙：嶽麓書社。

5. 儲泰松，1995，《梵漢對音概說》，《古漢語研究》第 4 期，4～13。

6. 儲泰松，1998，《梵漢對音與中古音研究》，《古漢語研究》第 1 期，45～52。

7. 丁邦新，1995，《重建漢語中古音系的一些想法》，《中國語文》第 6 期，414～419。

8. 董同龢，1944，《上古音韻表稿》，北京：商務印書館 1948。

9. 董同龢，1954，《漢語音韻學》，北京：中華書局 2001。

10. 〔清〕段玉裁，1998，《說文解字注》，杭州：浙江古籍出版社。

11. 〔瑞典〕高本漢，1994，《中國音韻學研究》，北京：商務印書館。

12. 葛信益，1993，《廣韻叢考》，北京：北京師範大學出版社。

13. 何大安，1981，《南北朝韻部演變研究》，台北：台灣大學博士學位論文。

14. 華林甫，1992，《唐代水稻生產的地理佈局及其變遷初探》，《中國農史》第 2 期，27～39。

15. 黃淬伯，1957，《論〈切韻〉音系並批判高本漢的論點》，《唐代關中方言音系》，北京：中華書局 2010，185～199。

16. 黃綺，1980，《論古韻分部及支、脂、之是否應分為三》，《河北大學學報（哲學社會科學版）》第 2 期，71～93。

17. 黃笑山，1995，《〈切韻〉和中唐五代音位系統》，台北：文津出版社。

18. 黃笑山，1996，《〈切韻〉三等韻的分類問題》，《鄭州大學學報（哲學社會科學版）》第 4 期，79～88。

19. 黃笑山，1997，《〈切韻〉于母獨立試析》，《古漢語研究》第 3 期，7～14。

20. 黃笑山，2002a，《中古二等韻介音和〈切韻〉元音數量》，《浙江大學學報（人文社會科學版）》第 1 期，30～38。

21. 黃笑山，2002b，《〈切韻〉元音分韻的假設和音位化構擬》，《古漢語研究》第 3 期，10～16。

22. 黃笑山，2006，《中古-r-介音消失所引起的連鎖變化》，《山高水長：丁邦新先生七秩壽慶論文集》，台北：中研院語言學研究所，907～919。

23. 黃笑山，2008，《〈切韻〉27 聲母的分佈——用黃伯虔師「輕重不平衡」理論處理〈切韻〉的作業》，《漢語史學報（第七輯）》，上海：上海教育出版社，72～83。

24. 黃笑山，2012，《〈切韻〉三等韻 ABC——三等韻分類及其聲、介、韻分佈和區別特徵擬測》，《中文學術前沿（第五輯）》，杭州：浙江大學出版社，83～92。

25. 黃征，2005，《敦煌俗字典》，上海：上海教育出版社。

26. 黃焯，1980，《經典釋文彙校》，北京：中華書局。

27. 簡啟賢，2003，《〈字林〉音注研究》，成都：巴蜀書社。

28. 江荻，2007，《漢藏語言演化的歷史音變模型——歷史語言學的理論與方法探索》，北京：社會科學文獻出版社。

29. 〔美〕柯蔚南，1991，《義淨梵漢對音探討》，《語言研究》第 1 期，68～92。

30. 李方桂，1971，《上古音研究》，北京：商務印書館 1980。

31. 李建強，2015，《菩提流志譯〈不空羂索咒心經〉〈護命法門神咒經〉咒語對音研究》，《語言研究》第 2 期，53～62。

32. 李榮，1956，《切韻音系》，北京：科學出版社。

33. 李如龍、張雙慶，1992，《客贛方言調查報告》，廈門：廈門大學出版社。

34. 李新魁，1982，《韻鏡校證》，北京：中華書局。

35. 李新魁，1983，《漢語等韻學》，北京：中華書局。

36. 劉廣和，2002，《介音問題的梵漢對音研究》，《古漢語研究》第 2 期，2～7。

37. 龍宇純，1968，《唐寫全本王仁昫刊謬補缺切韻校箋》，香港：香港中文大學。

38. 龍宇純，2002，《例外反切研究》，《中上古漢語音韻論文集》，台北：五四書店、利氏學社，3～40。

39. 陸志韋，1947，《古音說略》，台北：台灣學生書局 1971。

40. 羅常培、周祖謨，2007，《漢魏晉南北朝韻部演變研究》，北京：中華書局。

41. 麥耘，1995，《切韻元音系統試擬》，《音韻與方言研究》，廣州：廣東人民出版社，96～118。

42. 麥耘，2009，《音韻學概論》，南京：江蘇教育出版社。

43. 梅祖麟，1981，《古代楚方言中「夕（柰）」字的詞義和語源》，《方言》第 3 期，215～218。

44. 潘悟雲，1984，《非喻四歸定說》，《溫州師專學報（社會科學版）》第 1 期，114～125。

45. 潘悟雲，1987，《漢、藏語歷史比較中的幾個聲母問題》，《語言研究集刊（第 1 輯）》，上海：復旦大學出版社，10～36。

46. 潘悟雲，1995，《「囡」所反映的吳語歷史層次》，《語言研究》第 1 期，146～155。

47. 潘悟雲，2000，《漢語歷史音韻學》，上海：上海教育出版社。

48. 潘悟雲，2007，《上古漢語的韻尾*-l 與*-r》，《民族語文》第 1 期，9～17。

49. 潘悟雲，2010，《歷史層次分析的若干理論問題》，《語言研究》第 2 期，1～15。

50. 潘悟雲，2013，《漢語元音的音變規則》，《語言研究集刊（第十輯）》，上海：上海辭書出版社，133～140。

51. 潘悟雲、張洪明，2013，《漢語中古音》，《語言研究》第 2 期，1～7。

52. 潘悟雲，2014，《對三等來源的再認識》，《中國語文》第 6 期，531～540。

53. 潘悟雲，2015，《方言考本字「覓軌法」》，《方言》第 4 期，289～294。

54. 潘悟雲，2016，《再論方言考本字「覓軌法」——以現代韻母為 u 的滯後層為例》，《語文研究》第 4 期，9～11。

55. 彭建國，2009，《吳語、湘語主元音鏈變類型比較》，《中國語文》第 5 期，454～461。

56. 錢乃榮，1992，《當代吳語研究》，上海：上海教育出版社。

57. 裘錫圭，2013，《文字學概要（修訂本）》，北京：商務印書館。

58. 瞿靄堂、勁松，2015，《新視角下的藏語鏈移變化》，《民族語文》第 6 期，3～14。

59. 邵榮芬，1961，《〈切韻〉音系的性質和它在漢語語音史上的地位》，《中國語文》第 4 期，26～33。

60. 邵榮芬，1982，《切韻研究》，北京：中國社會科學出版社。

61. 邵榮芬，1997，《〈切韻〉尤韻和東三等唇音聲母字的演變》，《邵榮芬音韻學論集》，北京：首都師範大學出版社，198～210。

62. 邵榮芬，2009，《古韻魚侯兩部在後漢時期的演變》，《邵榮芬語言學論文集》，北京：商務印書館，70～84。

63. 施向東，1983，《玄奘譯著中的梵漢對音和唐初中原方音》，《語言研究》第 1 期，27～48。

64. 史存直，1981，《漢語語音史綱要》，北京：商務印書館。

65. 孫景濤，2005，《形態構詞與古音研究》，《漢語史學報（第五輯）》，上海：上海教育出版社，184～195。

66. 唐作藩，1987，《音韻學教程》，北京：北京大學出版社 1991。

67. 萬獻初，2004，《〈經典釋文〉音切類目研究》，北京：商務印書館。

68. 汪鋒，2012，《語言接觸與語言比較——以白語為例》，北京：商務印書館。

69. 王福堂，2005，《漢語方言語音的演變和層次》，北京：語文出版社。

70. 王洪君，2010，《層次與斷階——疊置式音變與擴散式音變的交叉與區別》，《中國語文》第 4 期，314～320。

71. 王理嘉，1999，《音系學基礎》，北京：語文出版社。

72. 王力，1936，《南北朝詩人用韻考》，《王力語言學論文集》，北京：商務印書館 2000，1～58。

73. 王力，1985，《漢語語音史》，北京：中國社會科學出版社。

74. 王士元、沈鍾偉，1991，《詞彙擴散的動態描寫》，《語言研究》第 1 期，15～33。

75. 王顯，1961，《〈切韻〉的命名和〈切韻〉的性質》，《中國語文》第 4 期，16～25。

76. 王月婷，2014，《〈經典釋文〉異讀音義規律研究》，北京：中國社會科學出版社。

77. 〔蘇〕謝・葉・雅洪托夫，1976，《上古漢語的開頭輔音 L 和 R》，《漢語史論集》，北京：北京大學出版社 1986，156～165。

78. 徐時儀，2012，《一切經音義三種校本合刊》，上海：上海古籍出版社。

79. 徐通鏘，1991，《歷史語言學》，北京：商務印書館。

80. 楊伯峻，1990，《春秋左傳注（第二版）》，北京：中華書局。

81. 楊劍橋，2004，《〈切韻〉的性質和古音研究——答潘文國先生》，《古漢語研究》第 2 期，2～8。

82. 楊劍橋，2012，《漢語現代音韻學》，上海：復旦大學出版社。

83. 楊・軍，2003，《七音略校注》，上海：上海辭書出版社。

84. 游修齡，1995，《中國稻作史》，北京：中國農業出版社。

85. 于安瀾，1989，《漢魏六朝韻譜》，鄭州：河南人民出版社。

86. 俞敏，1979，《後漢三國梵漢對音譜》，《俞敏語言學論文集》，北京：商務印書館 1999，1～62。

87. 俞敏，1984，《等韻溯源》，《音韻學研究（第一輯）》，北京：中華書局，402～413。

88. 余迺永，1993，《再論〈切韻〉音——釋內外轉新說》，《語言研究》第 2 期，33～48。

89. 余迺永，2000，《新校互註宋本廣韻（增訂本）》，上海：上海辭書出版社。

90. 尉遲治平，1982，《周、隋長安方音初探》，《語言研究》第 2 期，18～33。

91. 曾曉渝、劉春陶，2010，《〈切韻〉音系的綜合性質再探討》，《古漢語研究》第 1 期，2～8。

92. 張涌泉，1999，《〈龍龕手鏡〉讀法四題》，《舊學新知》，杭州：杭州大學出版社，102～112。

93. 張涌泉，2010，《漢語俗字研究（增訂本）》，北京：商務印書館。

94. 張涌泉，2015，《敦煌俗字研究（第二版）》，上海：上海教育出版社。

95. 趙庸，2009，《〈廣韻〉「又音某」中「某」字異讀的取音傾向》，《漢語史研究集刊（第十二輯）》，成都：巴蜀書社，331～344。

96. 趙庸，2014a，《〈廣韻〉不入正切音系之又音釋疑》，《語言科學》第 3 期，308～316。

97. 趙庸，2014b，《〈廣韻〉與實際收音處音切不一致之又音釋疑》，《漢語史研究集刊（第十八輯）》，成都：巴蜀書社，219～238。

98. 趙庸，2016，《〈廣韻〉正切未收又音釋讀》，《漢語史研究集刊（第二十一輯）》，成都：巴蜀書社，18～29。

99. 趙庸，2018，《〈廣韻〉稱引〈說文〉同字術語釋讀》，《漢語史研究集刊（第二十四輯）》，成都：四川大學出版社，108～119。

100. 趙庸，2019a，《例外反切「虵」字夷柯反的音韻地位》，《語文研究》第 1 期，46～51。

101. 趙庸，2019b，《〈廣韻〉注文所含直音注音釋讀》，《勵耘語言學刊（第 30 輯）》，北京：中華書局，147～158。

102. 趙庸，2019c，《漢語首次長元音高化鏈移和中古韻書異讀的來源》，《中國語文》第 4 期，392～404。

103. 趙庸，2020a，《漢語首次長元音高化鏈移和引起的元音音系重組》，《語言科學》第 3 期，305～317。

104. 趙庸，2020b，《〈廣韻〉疑難讀音考釋六則》，《漢語史研究集刊（第二十九輯）》，成都：四川大學出版社，164～170。

105. 趙庸，2021，《〈廣韻〉俗字所生假性異讀札記四則》，《勵耘語言學刊（第 34 輯）》，北京：中華書局，43～50。

106. 趙振鐸，1962，《從〈切韻·序〉論〈切韻〉》，《中國語文》第 10 期，467～476。

107. 鄭偉，2015，《中古以後麻佳同韻的類型及其性質》，《中國語文》第 3 期，254～265。

108. 鄭偉，2016，《當塗吳語韻母元音的高化及後續演變》，《方言》第 3 期，300～308。

109. 鄭張尚芳，1981，《漢語上古音系表解》，《鄭張尚芳語言學論文集》，北京：中華書局 2012，299～333。

110. 鄭張尚芳，1987，《上古韻母系統和四等、介音、聲調的發源問題》，《溫州師範學院學報（社會科學版）》第 4 期，67～90。

111. 鄭張尚芳，1998，《緩氣急氣為元音長短解》，《語言研究》增刊，487～493。

112. 鄭張尚芳，2003，《上古音系》，上海：上海教育出版社。

113. 中國社會科學院語言研究所詞典編輯室，2012，《現代漢語詞典（第 6 版）》，北京：商務印書館。

114. 周法高，1948，《古音中的三等韻兼論古音的寫法》，《中研院歷史語言研究所集刊》第十九本，203～233。

115. 周法高，1970，《論上古音和切韻音》，《香港中文大學中國文化研究所學報》第 3 卷第 2 期，321～459。

116. 周祖謨，1940，《兩漢韻部略說》，《問學集》，北京：中華書局 1966，24～31。

117. 周祖謨，1948a，《魏晉宋時期詩文韻部的演變》，羅常培、周祖謨《漢魏晉南北朝韻部演變研究》，北京：中華書局 2007，323～346。

118. 周祖謨，1948b，《齊梁陳隋時期詩文韻部研究》，羅常培、周祖謨《漢魏晉南北朝韻部演變研究》，北京：中華書局 2007，347～365。

119. 周祖謨，1960，《廣韻校本》，北京：中華書局 2004。

120. 周祖謨，1963，《切韻的性質和它的音系基礎》，《問學集》，北京：中華書局 1966，434～473。

121. 周祖謨，1966，《切韻的性質和它的音系基礎》，《問學集》，北京：中華書局，434～473。

122. 周祖謨，1983，《唐五代韻書集存》，北京：中華書局。

123. 朱曉農，2004，《漢語元音的高頂出位》，《中國語文》第 5 期，440～451。

124. 朱曉農，2005，《元音大轉移和元音高化鏈移》，《民族語文》第 1 期，1～6。

125. 朱曉農，2008，《說元音》，《語言科學》第 5 期，459～482。

126. 朱曉農、李菲，2016，《梅州客方言的雙向聲調大鏈移——以演化比較法重建常觀演化史一例》，《語文研究》第 4 期，1～8。

127. Baxter, William H. 1992 *A Handbook of Old Chinese Phonology*. Berlin & New York: Mouton de Gruyter.

128. Bodman, Nicholas C. 1980 Proto-Chinese and Sino-Tibetan：Date towards establishing the nature of the relationship. In Frans van Coetsem and Linda R. Waugh（ed.）, *Contributions to Historical Linguistics: Issues and Materials*, 34-199. Leiden: E. J. Brill.

129. Hashimoto, Mantaro J. 1978-1979 Phonology of Ancient Chinese. *Study of Language and Cultures of Asia and Africa*. Monograph 10 and 11.

130. Labov, William 1994 *Principles of Linguistic Change: Internal Factors*. Cambridge, MA: Blackwell.

131. Norman, Jerry 1994 Pharyngealization in Early Chinese, *Journal of the American Oriental Society*, 114.3:397-408.

132. Ohala, John J. 1985 Around Flat. In Fromkin, Victoria A.（ed.）, *Phonetic Linguistics: Essays in Honor of Peter Ladefoged*, 223-241. Orlando: Academic Press.

133. Pulleyblank, Edwin G. 1962 The consonantal system of Old Chinese, *Asia Major*, 9:58-144, 206-265.

134. Pulleyblank, Edwin G. 1984 *Middle Chinese: A Study in Historical Phonology*. Vancouver: University of British Columbia Press.

135. Schuessler, Axel 1974 R and L in Archaic Chinese, *Journal of Chinese Linguistics*, 2:186-199.

136. Shen, Zhongwei 1997 *Exploring the Dynamic Aspect of Sound Change*, JCL Monograph Series No.11.

137. Starostin, Sergei A. 1989 *Rekonstrukeija Drevnekitajskoj Fonologicheskoj Sistemy*. Moscow: Nauka. 中譯本，林海鷹、王衝譯，鄭張尚芳、馮燕審校，《古代漢語系的構擬》，上海：上海教育出版社 2010。

138. Wang, William S.-Y. 1969 Competing changes as a cause of residue, *Language,* 45:9-25.

附錄一　漢語首次長元音高化鏈移和引起的元音音系重組

一、鏈式音移

　　印歐歷史語言學很早就注意到音系中連鎖的音變現象，稱之為鏈式音移（chain shift）。輔音方面，19世紀格里姆定律（Grimm Law）歸納了三組輔音從原始印歐語到原始日耳曼語轉圈式的音值轉移規律。元音方面，1500年之後發生的英語元音大轉移（English vowel shift）則是最著名的例子。二十世紀上半葉，結構主義將鏈移作為語言結構分析的重要議題，對這种音變類型的現代音變理論一直保持著持久的興趣。

　　鏈移根據起變的移動方向分拉鏈（drag chain）和推鏈（push chain）兩種。基於人類普遍的生理結構和發音原理，鏈移很常見，在歷時和共時的各種語言中都有發生的可能。漢語方言和民族語言也有不少實例報道，單點如：閩方言文昌話聲母輔音拉鏈式音變 p、t>ɓ、ɗ，s、ts>t，tsh>s（王福堂 2005：18～19），吳方言寧波話 n 韻尾消失引起前元音推鏈高化（ɛn>）ɛ>e，e>i（徐通鏘 1991：188～193），湘方言雙峰話、湘鄉話蟹二 a、麻二 o、果一 ʊ，比照中古音，構成元音後高化鏈移 a>o>ʊ（彭建國 2009）；藏語安多方言地咱話聲母輔音推鏈式音變 ʐ>ɕ>ɕh（瞿靄堂、勁松 2015），哈尼語豪白方言水癸話後元

音拉鏈高化 o＞u，ɔ＞o（江荻 2007：289），白語周城方言前元音推鏈高化 æ＞ɛ，ɛ＞e（汪鋒 2012：67），白語妥洛方言後元音拉鏈高化 u＞ɣ，o＞u（汪鋒 2012：69），藏語康方言那曲話前元音推鏈高化央化*il、*el、*is、*es＞i＞ə（瞿靄堂、勁松 2015）。另外，地理上鄰近多點的讀音也可以反映曾經發生過的鏈移真時音變，如：吳方言安徽當塗縣境內鄰近的湖陽 大邢村、博望、新博三點，咍韻讀反映元音前高化鏈移*ɑi＞ɐi（湖）＞ɜ＞e（博、新）（鄭偉 2016），梅州客方言 31 點的聲調，通過演化比較法可推知演化軌迹為推鏈式音變{22～32 陽平＞42}→{42 上＞52}→{52 去＞55}（朱曉農、李菲 2016）。漢語通語歷史語音也當不會缺乏鏈式音移。

二、漢語首次長元音高化鏈移

（一）漢語首次長元音高化鏈移的過程

Labov 總結世界語言元音音變經驗，就元音鏈移歸納出三種類型：長元音高化，短元音低化，後元音前化。三種情況的出現概率很高，被 Labov 視作「通則」，其中長元音高化似最為常見（Labov1994：116）。

漢語通語語音史上可以觀察到兩次大規模的長元音鏈移高化事件。一次在前中古期，一次在中古以後。關於元音首次鏈移高化的音值演變和音類轉化，朱曉農（2005）、潘悟雲（2010）有大致介紹，朱先生的文章主要講音變機制，潘先生的文章主要講音變為歷史層次分析法提供的視角，二位給我們很大啟發，我們願緣此門徑去探究前中古期漢語元音系統和韻母系統大變局的具體過程和生動細節。

這次長元音高化鏈移的示意圖見圖 7.1，為敍述方便，較朱曉農（2005）、潘悟雲（2010）略有調整。

整條音變鏈由三部分組成，複元音單化 ai＞a，單元音高化 a＞ɑ＞o＞u，高元音裂化出位 u（＞əu）＞au。起點在低點，不是魚部的 a 就是歌部的 ai。朱先生用發聲初始態來解釋這次鏈式高化的原因，他提出說者啟動和聽者啟動兩種假設，並認為前者可能性更大。說者啟動由魚部 a 啟動，a 高化變作 o，留出的空位拉動歌部 ai 丟失韻尾來填補，同時推動原讀 o 的侯部高化作 u，原讀 u 的幽部受到推動，因處在最高處，只能高位出裂。聽者啟動則從歌部 ai 開始，聽

者將歌部 ai 誤解錯改為 a，並重復出來，於是引起一系列的推鏈高化（朱曉農 2005）。無論哪種假設說中了歷史真相，這次鏈移都要引起漢語語音史上的韻類轉移和音系重組（rephonologization）。當然，上述描述是理想化、程式化的表達，這次事件不可能發生得如此簡單、流暢，其過程必定複雜，細節必定會有枝蔓，影響必定是深遠的。

（二）長元音高化鏈移和音節等長運動的時間關係

中古三等韻和非三等韻的上古來源，各家討論很多。Pulleyblank（1962）認為上古漢語存在長短元音的對立，中古三等韻的介音來源於長元音破裂，是後起的。鄭張尚芳（1987）、Starostin（1989 / 2010：216～218）、潘悟雲（2000：141～153）同 Pulleyblank 一樣主張三等韻介音的後起和上古長短元音的對立，但在對應關係的認識上相反，認為三等韻對應短元音，非三等韻對應長元音。Norman（1994）認為早期漢語所有音節都會演變出一個腭化介音，之後，一類音節屬有標記類型，或者咽化或者捲舌化，腭化的發展會因此受阻，一類音節屬無標記類型，腭化不受干擾，持續增強，中古發展為三等韻。潘悟雲（2014）也贊同此說，不過他把導致非三等韻與三等韻區別的原因由咽化聲母修改為咽化元音。孫景濤（2005）根據形態構詞以及漢語和民族語材料，提出假設認為非三等韻和三等韻來源於上古緊鬆元音的對立。

以上諸家各有持論，不過共性是明顯的。長短元音說自然肯定上古元音的長短對立，咽化說和鬆緊元音說也並不排斥元音長短的存在，無論是咽化 / 舌根常態，還是鬆 / 緊，元音長 / 短都是伴隨性特徵。尤其上古漸入中古，元音長短對立的特徵性會越來越明顯，逐漸成為稍後時期非三等韻和三等韻區別的主要特徵。我們的討論集中在前中古期，因此以元音長短對立為論述起點。

新語法學派的「語音規律無例外」理論，強調規律的重要性，同時十分重視規律的作用時間。前中古期，漢語除長元音高化外，還有另一個重要音變發生，即音節等長運動。長元音中古讀入一、二、四等韻，短元音在音節等長的趨勢下，要先生出介音 i，再讀入三等韻（潘悟雲 2000：141～153）。高化規則和長化規則分別針對長元音和短元音，本無交涉，但長化規則的輸出是長元音，如果是時高化規則仍在發生作用，那麼新產生的長元音會受到高化規則的控制，進行新的音變。所以高化規則和長化規則的時間關係於這一階段音變的最終形

式至關重要。

朱曉農（2005）考慮到魚部三等韻字（魚、虞合）都參與了首次轉移，而高化鏈移主要發生在長元音上，因此主張優先考慮的事件過程為先短元音長化、介音 i 增生，然後再是鏈移高化。我們意見相反，認為啟動的順序要倒一下，先高化，再長化，因為梳理各種材料，似乎祇能如此，修改後的高化、長化歷時關係可以消解朱先生的顧慮。理由如下。

周祖謨研究魏晉南北朝的詩文韻部，將前中古期分為前後兩階段，魏晉宋時期和齊梁陳隋時期。「東漢音的魚部包括魚模虞侯四韻字，到魏晉宋時期，侯韻字分出與幽部的尤幽兩韻字合為一部」，「魚侯之分為兩部，這是三國以後跟東漢音很大的不同」（周祖謨 1948 / 2007a：339），「在魏晉宋一個時期內的作家一般都是魚虞模三韻通用的，到齊梁以後，魚韻即獨立成一部，而模虞兩韻為一部」，尤侯幽「晉時代起就通用不分，直到陳隋，毫無變動」（周祖謨 1948 / 2007b：361）。也就是說，魏晉宋時期，侯韻的音值已由更接近低元音的魚部轉向更接近高元音的幽部，齊梁以後，模、虞韻逐漸完成了和原是低或半低舌位的魚韻的分離，但是高化的程度直到陳隋都沒有趕上侯韻。可見，高化鏈移的啟動相當早，可能東漢末年就已有積累。事實上，時間的推斷可能可以更早，羅常培、周祖謨（2007：57）根據詩文押韻等材料指出，東漢和西漢最大的不同，其中一點即魚部的麻韻字轉入歌部。魚部麻韻轉入歌部，實質應是鏈移已開始，魚部的其他韻逐漸高化，而麻二麻三韻因各自的原因滯留下來（參下文「麻三韻的形成」和「麻二韻的形成」），此時歌部韻尾脫落，便與麻韻合流了。換而言之，東漢時期鏈移起變完成。漢末是漢語語音由上古至中古的轉捩期，風雲湧動，高化鏈移在這一時期方興未艾。東漢魏晉南北朝的押韻情況說明，高化鏈移的時間跨度很長。事實上這一趨勢到《切韻》以後中唐五代仍在持續（黃笑山 1995：204）。

東漢高誘的《淮南子》注和《呂氏春秋》注於三等韻字和非三等韻字有「急氣」「緩氣」的區別（鄭張尚芳 1998），東漢的梵漢對音材料，中古三等韻字所對的梵文音節往往沒有腭介音(1979 / 1999)，日譯漢音有腭介音的那些字，借自公元五六世紀中國江南地區的日譯吳音常常沒有腭介音（高本漢 1994：547～731），而短音節的拉長和腭介音的滋生是伴生的，所以從這些材料來看，

音節等長運動開始得不會太早，至少是東漢以後的事，而結束得不太晚，潘悟雲（2014）認為《切韻》時代，三等介音剛從前滑音變來，成為獨立的音位。

可見，長元音鏈移高化和音節等長運動曾在同一歷史時期共同持續，前者的起訖時間均比後者更為延伸。也就是說高化和長化這兩條音變規則發生作用的時間關係應是前者對後者的完全涵合（incorporating）。

三、前中古期的元音音系重組和歌麻模魚虞侯豪肴尤韻的形成

（一）長元音高化鏈移和韻母系統演變的主流

經過前中古期，上古的歌、魚、侯、幽部內部和之間發生了各種分化和合併，到《切韻》的演變結果如表 7.1。

歌、魚、侯、幽部中古入一、二、三等韻，不入四等韻。二等韻的形成受 r 介音的重要影響，待後文詳說（參下文「麻二韻的形成」和「肴韻的形成」）。先看一、三等韻。歌、魚、侯、幽部中古都有進入一、三等韻的部分。論大勢，歌部 al>ai 中古一等入歌一韻 ɑ，三等入麻三韻 ia [註1]；魚部 a 一等入模韻 o，三等入魚 iɔ、虞 wio、麻三韻 ia；侯部 o 一等入侯韻 u，三等入虞韻 wio；幽部 u 一等入豪韻 ɑu，三等入尤 iu、幽韻 iw。

將歌、魚、侯、幽部到中古一、三等韻主要的演變經過排比如下。從結構性音變的角度看，陰影部分不在後高化鏈移的討論範圍中。

表 8.1　上古歌、魚、侯、幽部到中古一、三等韻的演變

上　古		→ 高化 —————→ 高化 →　　　　→ 長化 →					中　古	
歌部	長緊元音	al>ai	>	a	>	a	>	ɑ	一等韻	歌一韻
	短鬆元音	ăl>ăi	>	ă	>	ia			三等韻	麻三韻
魚部	長緊元音	a	>	ɑ/ɔ	>	ɑ/ɔ	>	o	一等韻	模韻
	短鬆元音	ă	>	ă	>	ia	>	iɔ	三等韻	魚韻
	短鬆元音	ă	>	ă	>	ia			三等韻	麻三韻

[註1] 歌部三等韻主體入支韻 ie，入麻三韻 ia 的是相對小部分，入支韻的主元音前高化，和所論鏈移的後高化方向不同，故不納入討論範圍。

侯部	長緊元音	o	>	u	>	u	>	（əu）	一等韻	侯韻
	短鬆元音	ǒ	>	ǒ	>	io			三等韻	虞韻
幽部	長緊元音	u	>	əu	>	əu	>	ɑu	一等韻	豪韻
	短鬆元音	ǔ	>	ǔ	>	iu			三等韻	尤韻

　　根據各韻類在鏈移事件中的音韻表現和涉字數量，為觀察論述的需要，將表 8.1 歌部讀入歌一韻、魚部讀入模魚韻、侯部讀入侯虞韻、幽部讀入豪尤韻的七條音變路徑視作音變主流。

　　高化規則的作用貫穿始終，長化規則祇作用於其中一段時間。高化規則的語音條件是長元音，所以高化規則作用下，長元音高化，短元音不變，長化規則的語音條件是短元音音節，所以長化規則作用下，短元音音節拉長，腭介音增生，長元音音節不變。兩個規則發生作用的語音條件不同，所以可以平行，不產生競爭關係。表 8.1「長化」這一段長元音沒有出現舌位的升高，這祇是做表時為了突顯該階段短元音音節的長化音變，並不是說該階段長元音就暫停高化了。

　　假設鏈移從魚部開始。長元音的魚部 a 啟動後高化，元音系統中原沒有 ɑ 音位，所以 ɑ 這個位置很快被突破，或者實際讀音直接佔據更高的音位 ɑ 或者 ɔ，拉動歌部長元音 ai 脫去韻尾 i〔註2〕，同時逼迫侯部 o、幽部 u 長元音音位漸次推高，形成鏈移。高化初期，魚部短元音 ǎ 按兵不動，直到長化規則發生作用，ǎ>ia 的音變纔被促發。腭介音的增生在一定程度上均衡了音節，但

〔註2〕音變 ai>a 屬複元音單化（monophthongization）。前核複元音前一個成分是主元音，後一個成分是滑音，滑音只是一種滑動趨向，實際音值相當不穩定（朱曉農 2008）。ai 連綴兩個不同的調音目標，前者為低元音，後者為前高元音，分處元音空間（vowel space）的兩個極點，目標動程很大，i 很容易被說者發成一個不到位的 i，只表示舌位向上或向中央滑動的趨向。隨之，聽者很可能把這一段理解為長 a 回歸發音初始狀態（default articulatory configuration）的自然傾向，將語言目標（linguistic target）ai 錯誤解讀為 a，並進行重複。隨機變異積累、擴散到一定程度，即實現真正的音變。這一音變並不鮮見，在後來的漢語歷史演變中也有發生，如泰韻中古音 ɑi，吳語、湘語、贛語今有讀為 a 一類的，舌齒音開口的如：「帶」蘇州 tɒ⁵、上海 t³⁵、金華 tɑ⁵、溫州 tɑ⁵、岳陽榮家灣 tɑ⁵、湘鄉 tɑ⁵、雙峰梓門橋／荷葉 tɑ⁵、東安花橋 tɑ⁵，陽新 tɐ⁵、寧化 tɑ⁵、武平 tɑ⁵；「賴」蘇州 lɒ⁶、上海 l³⁶、金華 lɑ⁶、溫州 lɑ⁶、雙峰 lɑ⁶；「蔡」蘇州 tshɒ⁵、上海 tsh³⁵、金華 tshɑ⁵、溫州 tshɑ⁵、陽新 tshɐ⁵、寧化 tshɑ⁵、武平 tshɑ⁵。牙喉音開口的如：「艾」雙峰 ŋa6；「害」雙峰荷葉 ɣaⁿ⁶、陽新 xɐ⁶。蘇州、上海、金華、溫州據錢乃榮（1992：101～105），岳陽、湘鄉、雙峰梓門橋／荷葉、東安花橋據鮑厚星（2006：113），雙峰據北大中文系語言教研室（2003：147，154），陽新、寧化、武平據李如龍、張雙慶（1992：38）。

最初，它祇是輔元音間滑出的過渡音成分〔註3〕，短元音音節依然和長元音音節不等長。是時，複輔音音節 CCV（C）的簡化也正在發生，長度向單輔音音節 CV（C）趨同，在漢語音系裏音節等長的要求被不斷強調。為補足短元音音節尚短缺的那部分時長，短元音 ă 應勢拉長，最終併入長元音 a。這樣，音系中長短元音 a、ă 音位功能的對立就消失了，所有的 a 都是長元音，所有的 a 也就都在高化規則的控制下了。這時候，短元音來源的魚部音節，一方面要不斷鞏固新獲得的腭介音的音位地位，另一方面開始了值得重視的新變，它們的元音匯入早先已啟動的鏈移大流，也像原先的長元音魚部那樣，走上了高化之路。魚部短元音長化的同時，侯、幽部短元音受相同音變規則的作用，各自獨立發生了同步的長化音變，等音變完成，同步輸出 ia、io、iu。長化規則失去作用對象，自然悄聲退出音變舞臺，而高化規則則增加了新的作用對象 ia、io、iu。這一回，音變規則的起效能否同步，輸出形式是否整齊，要看高化規則持續的時間能有多長，推動的力量是否足夠。

（二）長元音高化鏈移時代諸韻的形成

1. 麻三韻的形成

侯、幽部相同，都是中古一等韻主元音高化，三等韻主元音滯留。魚部不同，一等韻主元音也高化，但三等韻一部分滯留（麻三），一部分高化（魚、虞），很特別。上述現象顯示的音變規律性很明顯，一等韻總是比三等韻高化得快，這很好解釋，一等韻沒有介音的牽制，變化會快一點〔註4〕，但魚部魚、虞韻似乎也跟上了一等韻高化的節奏，暗示著魚部在鏈移中一定有特殊地位。

〔註3〕短元音音節要延長，為避免與原長元音音節衝突，不能簡單延長短元音，需要盡量增加輔音時長。輔音收緊點放開或盡可能延遲放開後，舌位保持的時間盡可能拉長，與元音相接的這一過渡段（transition）就會生成類似於ɯ一類的音，ɯ不是正則元音，所以不穩定，最初會根據前後語音環境有各種變體，後來會在音系整體前化高化的推動下，經歷 ɯ＞ɨ＞i 的音變過程（潘悟雲 2000：150～153）。

〔註4〕關於這一點可類比平行的音變情況：不同韻尾對上古韻部元音的演變速度影響不同。鄭張尚芳（2003：161）有精闢論說：「收-ŋ 各部元音直到現代大致還和上古音相同或很相近，這是由於閉韻尾其元音受到限制，變化較慢，而-ŋ 尾一直發揮著制約作用，收-g 各部則因較早脫落塞音韻尾，於是就變化得大些。至於相對的開韻尾，其上古音到現代音則猶如無繮之馬，變化最大。」一等韻元音前無介音，元音與開音節中的開放元音（free vowel）相類似，三等韻元音前有介音，元音與閉音節中的受制元音（checked vowel）相類似。

後高化音變鏈上，魚部短元音長化後進入中古麻三韻ǎ>ia，如果元音繼續高化，ia（>iɑ）>iɔ，便讀入魚韻。魚部有一些詞達到了魚韻，但明顯有一些詞半途而止了，只完成了音節長化變為ia，讀入麻三韻。

麻三韻僅擁有非捲舌銳音聲母（T類聲母），且與魚部的主流歸韻在聲母的語音條件上形成對立，麻三（T）：魚（T），而T類聲母於這兩組對立看不出有更下位的語音條件區分。上古到中古的演變，一個上古韻部中古只進入一個一等韻／四等韻、二等韻，三等韻複雜一些，可能進入兩三個韻，但聲母的語音條件基本是互補的，規律性很強。麻三韻的形成必有其特殊之處。

詞彙擴散理論（Lexical diffusion theory）可以給這一現象提供強大的解釋力。如前述，麻三韻是音變未完的結果，如果音變持續推進，ia（>iɑ）>iɔ的過程全部完成，音系中就祇有iɔ沒有ia，也即祇有魚韻，沒有麻三韻。《切韻》魚韻的聲母可分三類，來自上古非圓唇的喉、軟腭音（K），捲舌銳音（R），非捲舌的銳音（T），可以想見，魚部這三類音曾經都以ǎ>>iɔ為目標音變過程，祇是結果不同。K、R類順利達到終點，而T類未能完全，一部分跟上了大部隊的進度，達到終點，成為魚韻，一部分落了隊，就祇能滯留成麻三韻了。這就是此次擴散式音變的大概。

問題是，為什麼祇有T類出現了滯留，是什麼造成了T類的滯留。我們認為，這應該和輔元組合的聲學規律有關。從區別特徵來說，前低元音a具有〔＋銳音〕特徵，和銳音輔音的共同點是，發音時都是舌中部擡起，口腔整體空間較小而分隔較多，聲學上都是頻譜較高的一邊佔優勢（王理嘉1999：180）。由於共同的語音特徵，銳音輔音和元音a相互同化，組合十分和諧，故而穩固。三等腭介音最初產生時因前後語音環境而有各種變體，前後都是銳音的情況下，變體自然是強銳音性的，因此，即便腭介音後來由滑出音i增強為獨立的音段i，對這類輔元組合的穩定性也祇會是增進而不是減損。麻三韻和T類聲母的組合就是這種情況。K類聲母屬鈍音，道理反之。R類雖然也含有銳音輔音，但一定時期都會和元音以r相接，r具有〔＋降音性〕特徵，該特徵會使後接元音後化、央化或圓唇化（Ohala1985：226），這顯然對主元音a和介音i的舌位保持不利，該聲母條件會加速元音後高化鏈移由低到半低舌位的音變。

　　T 類聲母作為語音條件，對低舌位元音的高化鏈移產生限制作用，不妨這樣理解，T 類聲母參與生成了和高化規則相競爭的另一種規則。不過，這一規則不是一開始就有的，因為魚部長元音順利變入了模韻，沒有在歌－韻形成大面積的滯留〔註 5〕，說明新規則的生成沒能趕在魚部長元音完成低端位置的高化鏈移之前。想必這倒是提示了 T 類聲母由上古輔音序列向中古單輔音轉變的完成時間。新規則介入音變大時代的時間不夠早，力量不夠強，與高化規則爭奪具有相同條件的一批詞，不少詞也許是在新規則產生之前已經從 ia 擴散到了更高的音位，也許是後來掙脫新規則完成的擴散，入了魚韻 iɔ，不過也還有相當數量的詞受到新規則的牽制，殘留在了 ia，和歌部來源的 ia 合流，麻三韻就此形成。麻三韻的形成再次印證了詞彙擴散理論中重要的兩點：規則相對時間關係的重要性，競爭性演變是殘留的原因。

　　回到本小節開頭提出的猜測：魚部在鏈移中一定有特殊地位。現在答案清楚了，魚部的特殊性在於，高化規則曾遭遇新規則的干擾，被競爭的對象正是長化後原魚部短元音的那批詞。高化規則控制力的削弱，導致後來首次長元音高化鏈移的漸趨末勢，導致侯部虞韻和幽部尤韻因缺乏驅動力而未及參與高化，以及歌、魚部到中古三等韻的部分合流。

2. 虞韻的形成

　　由於新規則的干擾、競爭，魚部短元音部分鏈移高化至 ɔi 之時，高化規則控制力削弱，高化趨勢受到影響。是時，新的影響因素且在醞釀，後期介音 i 前移將帶動魚韻主元音前化，iɔ＞iə（黃笑山 1995：195）。音變又在別處生長。

　　中古虞韻有兩個上古來源，除侯部短元音外，還有魚部短元音，前者是全音類條件（WKT），後者限於唇音以及來自上古圓唇的喉、軟腭音（W）。如前述，來自侯部的虞韻在鏈移中中規中矩，全部按部就班變成 iɔ。來自魚部的虞韻不一樣，魚部短元音對應中古 K、T 類聲母語音條件的都變到 ɔi，祇有 W 類聲母讀入了更高舌位的虞韻 iɔ。這一音類發展的不協同現象原因就在於 W 類聲母自古以來的合口成分。受合口成分影響，後接元音會趨向於更高

〔註 5〕上古魚部《廣韻》僅「盧」「蘆」兩字有歌－模異讀，請注意兩字歌－韻讀音的切上字「昨」，從母，又是 T 類。

舌位更強圓唇度的發音狀態，所以《切韻》的局面是魚部 W 類脫離 K、T 類，匯入虞韻。

現在有兩種可能，一是鏈移過程中，合口成分很早就開始產生影響，一直拉動魚部 W 類追趕侯部虞韻，不多時就趕上匯入了，一是魚部 W 類的追趕未能及時，魚部魚韻 ${}^{w}io >$ 魚部虞韻 wio 是《切韻》魚 io：虞 io 格局形成前不久的事。我們傾向於後者。周祖謨（2007b：361）提到：「在魏晉宋一個時期內的作家一般都是魚虞模三韻通用的，到齊梁以後，魚韻即獨成一部，而模虞兩韻為一部，這與劉宋以前大不一樣。」這說明齊梁以後魚韻之於模、虞韻，界限並不模糊。不過，于安瀾（1989：453～459）輯錄齊梁陳隋時期的押韻情況，魚韻有虞韻字混入通押的現象，我們將之整理為表三，參押多於 1 次的於漢字後注出數字。

表 8.2　齊梁陳隋時期虞韻混入魚韻通押的情況

韻部	韻	字數	字次	韻　　字
魚部	虞韻	14	40	蕪 3 娛衢 2 夫 3 紆無 / 武 10 字 6 雨 4 羽 3 矩輔 2 斧 2 父 /
侯部	虞韻	15	20	隅需芻軀 2 珠 2 符嶇榆 / 主 3 柱府縷取 2 聚 / 樹

上表魚虞通押，看字數，來自魚部的虞韻和來自侯部的虞韻與魚韻通押的情況差不多（14：15），但是看字次，來自魚部的虞韻明顯比來自侯部的虞韻更多地和魚韻押韻（40：20）。考慮到《切韻》中侯部虞韻的轄字比魚部虞韻多得多（281 字：156 字），而且侯部虞韻不少字是詩文中的常用字，我們推想，《切韻》歸入虞韻的這部分魚部字，在《切韻》之前的一段時期，音值應該和魚韻更近而不是和虞韻，或者說當時魚虞通押的韻例有相當一部分其實是魚魚自押，魚部的這部分字可能正處於由魚韻 ${}^{w}io$ 轉入虞韻 wio 的過程中。

吳音大致在公元五六世紀從南朝建康傳入日本，反映齊梁陳時期的漢語南方標準音金陵雅音。漢音則在公元七八世紀從長安、洛陽一帶傳入日本，可據為瞭解唐京雅音的音讀面貌。表 8.3、表 8.4 為魚、虞韻吳音和漢音的情況（據高本漢 1994：673～680），表 8.3 的字全部來自上古魚部，表 8.4 的字以來自上古侯部為主，標「*」號的來自上古魚部。

表8.3　魚韻字的吳音和漢音

魚韻	女	呂	胥	豬	梳	書	如	居	渠	語	虛	於	餘
吳音	nio	ro	so	tɕo	so	so	nio	ko	go	go	ko	o	io
漢音	ʥo	rio	ço	tɕo	ço	ço	ʥo	kio	kio	kio	kio	io	io

表8.4　虞韻字的吳音和漢音

虞韻	夫*	敷*	父*	武*	縷	取	廚	數	主	儒	拘	驅	懼*	愚	于*
吳音	ho	ho	ho	mu	ro	su	ʥu	su	su	niu	ko	ko	go	go	uo
漢音	fu	fu	fu	bu	ru	çu	tɕu	çu	çu	ʥu	ku	ku	ku	gu	u

　　吳音和漢音主體層的主元音，魚韻都讀 o，虞韻都讀 u，分得比較清楚。值得注意的是，魚部來源的虞韻，在吳音中尚和魚韻擁有相同的主元音，如「夫敷父懼于」，而在漢音中已和魚韻區別，轉而和虞韻一致。魚部虞韻字兩個時期歸韻的明顯不同說明，我們之前認為，在較《切韻》稍早時期，魚部 W 類纔脫離魚韻進入虞韻，推測應是穩妥的。

　　合口成分對魚韻 W 類 iɔ（＞虞韻 W 類）主元音的同化作用，從發音方法上看是舌位擡升、圓唇度增加，在音變中很常見，該規則與正在進行（implementation）的高化規則方向一致，故而兩相合力，沒有滯留，《切韻》音系中魚韻沒有唇音字而虞韻有，是上述規則合併作用產生結果的最直觀的音系表現。

3. 麻二韻的形成

　　麻二韻來自上古 Cr-型輔音的歌、魚部長元音〔註6〕。由於後墊成分 r 的影響，無論是先期佔據 a 位置的魚部，還是後期到達 a 的歌部，後來都會趨於央化。《切韻》音系分立 a、ɑ 兩個音位，以 a 為主元音的主要是二等韻：銜、刪、夬、肴、庚、麻，a 與一等韻主元音 ɑ 構成「一等洪大、二等次大」的聽感對立。所謂「次大」用現代語音學的發音方法來解釋，即開口度雖然大，但不是最大。開口度的縮小會伴隨舌位的上升。《切韻》a 只是音位的記法，實際音值是舌位比 a 稍高的 æ（鄭張尚芳 2003：73，黃笑山 2006，潘悟雲、張洪明 2013），這就是央化的結果。

〔註6〕部分麻二韻字上古在支、歌2部，這一現象不產生於自然音變，而是南北朝時期因語言接觸，南地口語音混讀麻二、佳韻的結果（潘悟雲1995、鄭偉2015）。這一現象涉字不占多數，不影響對麻二韻主流來源的音變解釋。

4. 肴韻的形成和豪肴侯韻先後前顯高位裂化

後高元音前顯高位裂化，通常的路徑是單元音先變為複元音，然後主元音舌位不斷降低，如 u > ˀu > əu > au。幽部長元音走的正是這條路，C[l]-、Cr-型輔音的長元音音節都會經歷，不同在於元音複化後 Cr-型輔音中的 r 會促使後接主元音央化，使最終形式不是極低極後的 ɑ，所以中古豪韻讀 ɑu，而肴韻讀 rau 〔註7〕。這種對立在《切韻》之前已清晰形成，《廣韻》豪肴「在魏晉宋一個時期內大多數的作家都是通用不分的，但到齊梁陳隋時期，豪韻為一部，肴韻為一部……分別較嚴，通用的情形極少」（周祖謨 1948／2007b：362）。

侯部 C[l]-型輔音的長元音中古變為侯韻。按推鏈的依次順序，侯部高化啟動應比幽部早，但由於一者前有幽部阻滯，二者裂化的時機不巧，高化鏈移運動已趨末勢，所以侯韻高化至裂化大致晚在《切韻》時期。黃笑山（1995：199～200）主張侯韻音 u，根據的是侯韻字吳音借為 u，漢音借為 ou，漢越音、廣州話、梅縣話也都是複元音。潘悟雲（2000：81～82）主張侯韻音 əu，理由是隋以前梵漢對音尤韻對 u，模韻對 o，唐朝轉為模韻對 u，而與尤韻相配的一等韻侯韻元音應變化得更快一點，估計已經從 u 變成 əu。u 還是 əu 的分歧還存在於董同龢、李榮、Pulleyblank 與陸志韋、王力、邵榮芬的擬音（摘自潘悟雲 2000：84，87）。材料確實有不能嚴密一致之處，將侯韻擬作 əu 的諸家有的寧可違背類型學上單元音 u 於元音系統的重要意義，想必是實在很難迴避各種材料中侯韻的騎牆表現。我們認為，不妨這樣認識，《切韻》時代，侯韻正經歷 u 向 əu 的音變，呈擴散之態，內部不能一致，因此兩種音讀表現都會出現。

侯部 Cr-型輔音的長元音中古變入肴韻，和來自幽部 Cr-型輔音長元音的肴韻合流，在《切韻》中共同表現為 rau。這一過程的完成應比侯韻裂化早得多。通檢于安瀾（1989）韻譜可知，魏晉宋時期侯韻除主要和魚虞模押韻外，還會偶爾參與豪宵蕭的押韻，齊梁陳隋時期，侯韻祇和尤幽押韻，肴韻也祇和豪宵押。這些現象說明兩點，一、魏晉宋時期，侯韻是單元音，至齊梁陳隋時期，有高化的趨向，但與肴韻已差異明顯，二、齊梁陳隋時期，肴韻複元音化全部完成，所以侯部肴韻必是沒有落下幽部肴韻太多，匆匆趕上，早早完成合流。

〔註7〕肴韻主元音的實際音值為 æ（鄭張尚芳 2003：73，黃笑山 2006，潘悟雲、張洪明 2013）。

侯部肴韻與侯部侯韻表現出不平衡的發展速度，介音 r 是很重要的促因。前述 r 具有〔＋降音性〕特徵，這是音系學上區別特徵的解釋，如果進一步講，就聲學－感知層面論，在頻譜圖上降音表現為一組甚至全部的共振峰下降（Ohala1985：223）。而元音 o 向元音 u 的推進表現為第一共振峰和第二共振峰都降低，後高區域的不圓唇元音向前低不圓唇元音 a（æ）的推進則尤其表現為第二共振峰的降低（參圖王理嘉 1999：37）。也就是說受 r 介音的同化影響，處於後高舌位高化音變鏈上的後接元音很容易加速音變。鏈移早期，侯部肴韻 ro 尚是單元音，介音 r 促使 o 增速高化為 u，並初裂，之後，r 介音持續影響，主元音持續低化、央化，在此系列過程中，侯部肴韻和幽部肴韻很快合流。另外，就音變規律論，元音在前顯高位裂化過程中會有顯化要求，前響複元音的韻核趨向低化（朱曉農 2004）。所以，合流的後期，顯化和央化作用疊加，侯部肴韻和幽部肴韻共同發展為 rau，會較侯韻音變迅速得多。

侯、幽部長元音完成前顯高位裂化的先後順序當是豪韻最早，肴韻次之，侯韻最後。

四、餘　論

漢語歷史語言研究一直有注重文獻研究的優良傳統，前賢的工作厥功甚偉，積累了很多寶貴的研究成果。薪火傳承推展至今，我們越來越感興趣於如何揭開文字的面紗，正確解讀歷史文獻，還原漢語共時系統和歷時系統的語言真實。漢語固然有其個性，不過在普通語言學的背景下，對歷史文獻語言研究的上述願望相信是可以實現的。

中古音研究是漢語音史研究的津梁，之前的研究多關注《切韻》系韻書，及同期語音材料或後期語音發展與之的關係，於前中古期語音及上古音如何演變為《切韻》語音等問題，討論相對較少。王力（1936／2000）、于安瀾（1936）、羅常培和周祖謨（1958）等先生先後有著述，利用詩文材料研究前中古期韻部的分合及演變，從類的角度對其動態關係進行梳理，為中古音研究勾勒語音發展的前期脈絡。不過，由於詩文材料繁多、押韻習慣差異、方言語音殊別等原因，有些結論似乎不算合若符契，而且，由於對「類」的表達受制於文字的限制，這一時期韻的語音面貌和演變情況，觀之難免有隔靴搔癢之感，音變的語音實質未能瞭然，音變機制未及闡述，似也總有未得要領之憾，總之，不能算

洞明。前中古期正值民族大融合時期，音變大時代應運而生，事實上，音韻格局大變動自有其大法度。本文考察上古歌魚侯幽部到中古歌麻模魚虞侯豪肴尤幽韻的演變情況，發現這一時期的漢語元音音變不過是漢藏語乃至人類語言普遍音變規律的再次上演，合理而簡潔。

附錄二　例外反切「虵」字夷柯反的音韻地位

一、「虵」字夷柯反音韻地位的兩種意見

「虵」字在《王三》《王二》中於歌韻有一個讀音，夷柯反。這一反切《切三》《王一》《廣韻》《集韻》無收。「夷」以母，「柯」一等韻，例不相配，「夷柯反」顯得十分特別，通常被視為例外反切。

李榮（1956：46）單字音表「虵」字列在「歌丑開 - 羊」一格，邵榮芬（1982：157）列在「歌三 B 開 - 以」一格，即二位先生都認為夷柯反音歌韻三等以母。

龍宇純持論不同。他校箋《王三》時說：「《集韻》唐何切下收蛇字，即此字此音。」（龍宇純 1968）後又進一步指出該反透露了喻四與定的關係，或本是上古喻母一等字的殘餘，或者「夷」是「弟」的形誤（龍宇純 2002）。後來也陸續有學者持相似觀點，認為夷柯反為喻四歸定的遺留，夷柯反與「駝」小韻同音，是歌韻一等定母。

兩種意見一是憑切，一是憑韻，看似都可成說，但該反的音讀實質恐怕不能兩可。前一種意見可惜李、邵二位先生未陳述理由。後一種意見考慮的主要是反切的拼合規律，中古一等韻不配以母，可配定母，所以例外反切起因於以定二母的上古關係。

今抽絲剝繭，前一種意見可得支持，後一種意見合理性有欠，本章試就此論說。

二、以定二母的分化時間

關於以母與定母的密切關係，曾運乾最早提出「喻四歸定」之說，後來，Pulleyblank（1984）等調整了這一說法，認為更合乎事實的情況是部分定歸喻四。

中古定母和透母在諧聲關係上可分為兩類，一類與端、知母諧聲，一類大量地與以母，甚至徹母、澄母、書母等諧聲，但不與端、知母諧聲，第二類就是與以母存在密切關係的那部分。《說文》以「蛇」同「它」，「虵」為隸變後的俗「蛇」字。上古「它」聲字中古入定透以書禪船母，「也」聲字入以書澄定透徹禪船曉邪母，都沒有端知母，「蛇／虵」字在諧聲關係上屬第二類，中古音的聲母確實有可能反映以定二母的上古聯繫。

Pulleyblank（1962）、Schuessler（1974）、Bodman（1980）、梅祖麟（1981）、俞敏（1984）、潘悟雲（1984，1987）、鄭張尚芳（1987）先後論證了來母上古作 r-，以母上古作 l-。來、以二母上古至中古的演變分別為 r>l、l>j。李榮（1956）提出的「羅」「囉」字對音情況說明 5 世紀前期漢語已經沒有 r-音聲母了。雅洪托夫（1976／1986）明確指出 r>l 發生的時間為 5 世紀初。以母的演變必須早於來母，以給來母騰出以母原佔有的 l-音的位置，因此，l>j 的演變完成應在 5 世紀之前。Schuessler（1974）、雅洪托夫（1976／1986）、Pulleyblank（1962）、俞敏（1979／1999）利用對音材料將東漢以母的讀音指向 ʎ-。所以，中古以母的上古來源歷經 l->ʎ->j-的過程，最晚在東漢音系裏已有了 ʎ-音的位置。

上述是上古 l-到中古的一條演變路徑，以母中古只出現於三等韻，對應中古一二四等韻的上古 l-經歷另一路演變。受音節等長運動的驅動，短元音音節要補長，長元音音節要縮短〔註1〕。後來發展成三等韻的短元音音節，聲母 l-持

〔註1〕中古三等韻和非三等韻的上古來源，說法有討論，主要的觀點有長短元音說（Pulleyblank1962、鄭張尚芳1987、Starostin1989、潘悟雲2000）、咽化說（Norman1994、潘悟雲2014）、鬆緊元音說（孫景濤2005）。不過共性是明顯的。長短元音說自然肯定上古元音的長短對立，咽化說和鬆緊元音說也並不排斥元音長短的存在，無論是咽化／舌根常態，還是鬆／緊，元音長／短都是伴隨性特徵。尤其上古漸入中古，元音長短對立的特徵性會越來越明顯，逐漸成為稍後時期非三等韻和三等韻區別的主要特徵。我們的討論集中在前中古期，因此以元音長短對立為論述基礎。

阻時間延長，收緊點後移後稍降，ll->j-，後來發展成一二四等韻的長元音音節，聲母 l-縮短以至塞化，l->ɾ->d-，這一部分聲母後來就是中古的定母。ɾ-大致是上古中晚期的事（潘悟雲 2000：272），也就是說東漢時期 ɾ-已是語音事實。下面把中古定以母的上古來源列出，第一條音變路徑就是部分定歸喻四：

圖 9.1　上古 l 到中古定母的演變

		上古中晚期				
上古長元音音節	l-	>	ɾ-	>	d-　定母	中古一二四等韻
		東漢				
上古短元音音節	l-	>	ʎ-	>	j-　以母	中古三等韻

　　如果「虵」字夷柯反是上古部分定歸喻四（或仍依一些學者說喻四歸定）的反映，那麼造此反切時，不論中古以母的「夷」字〔註2〕還是中古定母的某字，所表示的當時的聲母讀音應是相同的，即中古以定二母的來源在該切語出現時還處於合而未分的階段。

　　《顏氏家訓》：「孫叔然創《爾雅音義》，是漢末人獨知反語。」又說：「至於魏世，此事大行。」事實上，比孫炎早的應劭《漢書注》、王肅《周易音》已用反切注音，大致時間在東漢後期，約公元二世紀。也許更早已有反切行為，但上限不會早於東漢佛教和悉曇的傳入。如上示，東漢後期，聲母 l-已經根據音節的長短分化作兩條發展道路，另外，《後漢三國梵漢對音譜》（俞敏 1979 ／ 1999）的對音材料也沒有以定母字混雜對音範圍的表現。如果夷柯反的出現時間再往後推，至漢後反切大行的魏世，甚至更後，那麼夷柯反透露定和喻四糾葛的可能性就更小了。因此，立足中古往上古回溯，認為夷柯反反映以定母上古關係的說法就音史來看講不通。

三、梵漢對音材料反映的「虵」字讀音

　　梵漢對音習慣上用漢語以母字對梵文單用的 y[j]，對應嚴格，無用定母相對例。如東漢三國時期對音用字「夜耶夷閱逸延鹽閻衍翼由渝喻踰」（俞敏 1979 ／ 1999）、周隋時期「耶易喻」（尉遲治平 1982）、唐初玄奘「也夷已踰瑜渝逾庾裕曳延衍耶夜閻鹽琰剡燄焰逸洩药抴」（施向東 1983），均是以母對例。「虵」

〔註 2〕中古音注材料「夷」均音以母，未見音定母者。

字三國時期可對兩個讀音：jā[dʑa：]_{支謙譯音}和 ya[ja]_{康僧會譯音}。前一個對音與中古韻書食遮反相呼應，如《王三》《王二》「虵」字夷柯反下注「又吐何、食遮二反」，《廣韻》「虵」字正切之食遮切。後一個對音說明三國時期漢語「虵」字有一讀可對應到中古的以母，即夷柯反。

北涼曇無讖《大般涅槃經‧文字品》「毗聲二十五字」中「超聲八字」作「虵邏羅縛奢沙婆呵」，超聲指摩擦音，包括半元音，即唐安然《悉曇藏》二（880）所說的「張口遍滿聲」。「『張口』是說氣不受閉塞，『遍滿』就是從 va 雙脣音到 ha 聲門各處都有。」（俞敏 1984）「縛奢沙婆呵」都表示擦音，依次從脣到聲門，「虵邏羅」是開口度更大的邊通音或通音，秩序井然。如果此處「虵」不對 ya，而是對以塞擦音〔dʑ〕為輔音的 jā 或者別的什麼音，超聲八字所代表的語音系統性就會出問題。

《悉曇藏》六「蛇者是諸菩薩」句注「蛇」字：「南云耶。」「耶」中古以母字，安然如是注，是提醒「蛇」在此處聲母對 y 不對 j。

以上材料表明，「虵」字聲母從東漢到唐朝後期都有以母這一脈絡的讀音。

四、「虵」字夷柯反不是梵音漢注而是漢字本有之音

必須指出的是，上節所論並不意味著夷柯反來自梵漢對音，是梵音的折合，是梵音漢注，相反，我們認為夷柯反記錄的是「虵」字本有的漢字音。

陸法言時代，音韻蜂出，韻書編纂的很多工作都有前人基礎。比如反切，就不需要陸法言等人一一創製，而可「取諸家音韻、古今字書」，需要的只是前期學術權威的「捃選精切，除削疏緩」「我輩數人，定則定矣」，及後期陸法言的「剖析毫氂，分別黍累」。此後，《切韻》傳本大致也是這一思路，修改或添入的反切，通常是有所本，有文獻來源的。「虵」字夷柯反之進入韻書，也應如是。不過，該反不可能摘自梵漢對音的梵音漢注〔註3〕。

梵漢對音加注反切屬於為梵文譯音的輔助手段，實質是梵音漢注。一般是梵文某音節一時找不到合適的漢字去對，只能拿相近的漢字來注音，同時在該字下標注反切，表示非取該字讀，需改讀，以符合梵文音節的實際讀音（儲

〔註3〕佛經文獻還有另一類音注材料，佛經音義。佛經音義，因向大眾弘法、普及之需，「借儒術以自釋」，所注音切意在助讀，故為漢音。如果「虵」字夷柯反來自佛經音義，自然也是漢音。

泰松 1995）。換而言之，這類反切表示的梵文音溢出了漢語音系，漢語音系沒有能夠與之相對應的聲韻配合。這類音通常不會被以典範音讀為目標的韻書吸收。

舉菩提流志所譯《不空羂索咒心經》和《護命法門神咒經》為例。兩經譯於八世紀初，和《王三》《王二》的成書年代〔註4〕相距不會太遠，經中有一些例子（摘自李建強 2015）。

表9.1　《不空羂索咒心經》《護命法門神咒經》反切例

韻	《咒心經》	《神咒經》
麻三→歌		賒尸阿反、耶藥何反、闍時何反
戈三→哿	迦訖可切	
麻系→哿	咤哆可切、侘敕可切、灑沙河切、者之可切、舍尸可切、社時可切、也藥可切、若而可切	沙師可反、者之可反、舍尸可反
藥→哿	縛房可切	縛房可反
禡三→箇		夜藥箇反
歌→麻三、馬三		多丁耶反、丁也反
藥→馬三		若尼也反
屑→馬三	佊徒也切	佊徒也反
脂→麻三、馬三		毘蒲也反、毘耶反，尼尼也反
麻二→馬三	霸必也切、繆丁也切、加吉也切	
月→馬三	筏房也切	

如「賒」，《神咒經》取以注音，又加注反切「尸阿反」，非謂當依「賒」讀麻三韻，而當據反切改讀歌韻。尸阿反，書母歌韻，《切韻》音系無。「筏」，《咒心經》取以注音，又加注反切「房也切」，非謂當依「筏」讀月韻，而當據反切改讀馬三韻。房也切，並母馬三韻，《切韻》音系無。逐一檢索，上表所列每個加注反切的聲韻配合《切韻》各傳本直至《廣韻》均未收。

漢語史中古時期，中土文獻和漢譯佛經是不同質的兩類文獻，在詞彙、語法上都有不少差異，語音方面界限也是清楚的。一般來說，韻書收錄的讀音都是漢語自有的，即便有異源色彩，也經漢化、歸化後已進入漢語語音體系。一

〔註4〕《王三》只有「顯」字缺末筆，其他唐帝名號都不避諱（周祖謨 1983：885），中宗李顯 683～684 年、705～710 年兩度在位。《王二》「『治』字不避諱，當在高宗已祧之後」，玄宗以後各帝名均不缺筆（周祖謨 1983：895），高宗李治 649～683 年在位，玄宗李隆基 712～756 年在位。據避諱可大致推斷二書的抄成年代。

些看似例外的切語，如無確鑿證據，不當首先質疑其漢語屬性，「虵」字夷柯反即是。

另外，「迦伽」等幾個譯經用字音經歸化後進入韻書〔註5〕，是有其道理的，這些字在譯經中出現頻率極高。而「虵」字，使用頻率遠低得多，如果「虵」字夷柯反不是漢音原來就有，而是因譯經進入韻書的話，那為什麼很多比「虵」字使用頻率高得多的譯經用字，所對的梵文音沒有進入韻書？

「虵」字夷柯反見用於梵漢對音，祇是因為該讀與梵文音節相同或相近，借以直譯梵文音，相當於漢語上古就有的直音法。

五、《切韻》音系中的歌韻和「虵」字

歌韻〔註6〕屬一、三等合韻。《切韻》系韻書歌韻可分作兩類。第一類字多，基本不出現在歌韻韻末，反切之間自相繫聯，以《廣韻》為例，分用兩組下字：何河俄歌柯、和過戈禾，前五字開口，後四字合口，「何歌和戈」字《韻鏡》《七音略》列位一等。第二類字少，全部排在歌韻末，基本不與第一類繫聯，「呿欮佉迦伽茄枷」「靴胆膇瘸䐨」兩組字的反切下字分別同用、互用，「靴」組五字分別出現在《韻鏡》《七音略》戈韻一圖三等。此外，《切韻》系韻書第二類的反切上字除「火」字外都是三等韻字：希墟居求于夷巨許於去丘縷。很明顯，歌韻第一類為一等韻，第二類為三等韻，兩類都是開合俱全。現把《切韻》系韻書歌韻第二類字開列於下，字次按韻書原貌，無波浪綫的為開口三等韻，劃波浪綫的為合口三等韻，「虵」字等第待後討論。

《切三》　轞無反語　伽無反語噱之平聲

《王一》　轞批無反語火戈反又希〔註7〕波反陸無反語　呿欮墟迦反　迦居呿反

　　　　伽求〔註8〕迦反　㖺于戈反

《王三》　轞批無反語火戈反又希波反陸無反語　呿欮墟迦反　迦居呿反　伽求迦反

　　　　虵夷柯反　㖺于戈反

〔註5〕參本章第六節。

〔註6〕《廣韻》的歌、戈韻在《切韻》中原本開合合韻，韻目字作「哥」或「歌」。為行文方便，如無特殊說明，下文概以「歌韻」稱之。

〔註7〕原誤作「布」。

〔註8〕原誤作「夫」。

《王二》　韤批希波反　茄〔註9〕　枷巨羅反　佉㪁墟伽反　迦居呿反　虵夷柯反

伽求迦〔註10〕反　䳬于〔註11〕戈反

《廣韻》　韤靴批齜許羸切　胣䖦於靴切　䶸䶸去靴切　伽茄枷求迦切

佉呿㪁㤪丘伽切　迦居伽切　瘸巨靴切　𡃔縷䖦切

歌韻於三等韻的屬類，周法高（1970）將之與微廢欣文嚴元凡七韻歸作一類，李榮（1956：150～151）、邵榮芬（1982：132～133）與東三鍾陽等韻歸作一類，黃笑山（1995：97～98，1996）持相同觀點。歌韻三等韻基本是牙喉音，這一點很接近微韻等七個純三等韻，純三等韻只有唇牙喉聲母。不過有更充分的證據支持李、邵、黃三位先生。一是《廣韻》的「𡃔」字，縷䖦切，來母，純三等韻只有唇牙喉音，而來母可以出現在一二四等韻以及除了純三等韻之外的所有三等韻中，顯然歌韻三等韻的聲韻配合與純三等韻不相吻合。二是《切三》「伽」字注：「無反語，噱之平聲。」「噱」藥韻字，相應的平聲原為陽韻，「伽」字無反語，遂以「噱」字比況，說明歌韻三等和陽韻屬同類韻。陽韻是混合三等韻，歌韻自然也是混合三等韻。三是對《切韻》音系進行音位構擬，歌韻元音 ɑ，韻尾 ∅，用特徵幾何的理論及方法進行分析，歌韻元音具有〔back〕特徵，韻尾受 DORSAL 特徵轄制，《切韻》音系中元音具有〔back〕特徵的是一等韻、純三等韻和混合三等韻〔註12〕，其中 DORSAL 韻尾的三等韻是混合三等韻（黃笑山 2006、2008、2012）。三等韻中出現的所有聲母混合三等韻都可以配合〔註13〕，純三等韻中不出現的以母，混合三等韻也可以有，所以，就音系而論，歌韻三等出現以母的「虵」字是合理的。

《切三》《王一》《王三》《王二》歌韻有徒何反「駝」紐，「徒」定母字，「何」一等韻字，《韻鏡》《七音略》「駝/駄」在歌韻一等定母。如果「虵」字夷柯反為定母音，就與「駝」紐重出了。

「虵」字上古入歌部〔註14〕，據諧聲偏旁中古讀以母可安，又東漢至唐對

〔註9〕原下俗從「伽」。

〔註10〕「求迦」二字原脫，據《王三》《廣韻》補。

〔註11〕原誤作「丁」。

〔註12〕只有江韻是二等韻，江韻的特殊性導致它向低元音靠攏。

〔註13〕唇音只配合三十六字母的輕唇一類。

〔註14〕歌部分歌1、歌2、歌3部（潘悟雲 2000：218～219、233）。「虵」上古為歌1部字，為敘述方便，本章簡單稱指為歌部，本章他處所論歌部也僅指歌1部。

音 ya，又《切韻》注音夷柯反，根據這些信息可以描寫出「虵」字夷柯反上古到中古的演變路徑：lal＞laj＞la＞ʎɑ＞ɑʎ＞jʷɑ＞jɯɑ＞jɨɑ＞jɨɑ。譯經早期，以「虵」ʎɑ 對梵文 ya，準確。「迦伽佉」字因譯經而專造，「呿」上古已有〔註15〕，譯經借用字形。《王三》「虵」字排在「呿欱迦伽」之後，《王二》排在「佉欱迦」「伽」之間，「虵」字夷柯反的讀音估計在韻書時代已專用於佛經文獻，是時該音原有的日常生活習用義已失落，「蛇蟲」字今方言基本都讀食遮反一類，譯經時代該反的讀音用於對音梵文 jā。

六、補充解釋的兩個問題

推斷「虵」字為以母歌韻三等，還有兩個問題需要解釋。

第一個問題，歌韻系只有平聲有三等韻，只有牙喉音，字也很少，如此發育不全的三等韻，尤其是混合三等韻，在《切韻》裏別無他韻。歌韻三等多是外來音，如韡子本是西域物品，茄子〔註16〕從東南亞傳入，「迦」諸字是佛經用字，這幾個字的讀音都是模仿外國音或某域方音的《切韻》折合音，經翻譯歸化後進入《切韻》音系，而真正有上古歌部來源的字在歌韻三等幾乎全部缺位。「虵」習常，音無外域之理，那麼，歌部「虵」字讀入歌韻三等是否可安？

其實，歌韻缺位的這部分歌部字《切韻》主要在支韻。上古歌部短元音到中古大部分走元音前高化的音變路徑，另外一部分參與了後高化鏈變。

先說前高化的這部分。諧聲時代歌部讀 al，後來韻尾 l 逐漸弱化，至東漢丟失，al＞aj＞a。前中古期音節等長運動過程中，短元音拉長並增生腭介音，歌部來源的短元音變為 ia，在 i 的同化影響下，a 發生前高化 ia＞ie，併入支、歌₂部來源的原短元音，共同進入中古支韻。「虵」ʎɑ（＜lal）可以走這條路，《王三》《廣韻》正有弋支反／切。

後高化的這部分，歌部音變目標是從低舌位開始，經歷 al＞aj＞a＞ɑ＞o。但在音系的元音高化過程中，高化規則受到其他音變規則干擾，鏈移被破壞，直接於魚部呈現出擴散式音變被中斷的形態，相應地，位於音變鏈底端，次魚

〔註15〕如《呂氏春秋·審應覽·重言》「伐莒」事的「呿而不唫」。
〔註16〕「茄」本指荷莖，《爾雅·釋草》：「荷，芙蕖。其莖，茄。」今所稱茄子借用字形。

部一階的歌部，在後高化道路上的進階便受到了傳遞性的阻滯（趙庸 2020a）。歌部中古主元音讀 ɑ 為歌韻系，讀 a 為麻韻系，ɑ 為 a 的進階形式。歌部變入歌韻系三等的詞不多，歌韻系三等的音位負荷很小，變入麻韻系三等的多一些，《廣韻》羊者切即有「虵」字。

《王三》「蛇」一收，弋支反，「虵」兩收，食遮反、夷柯反。《廣韻》「蛇」三收，弋支切、食遮切、託何切，「虵」三收，弋支切、食遮切、羊者切。「蛇」「虵」同字，讀音可合併考慮。上述反切歸併後共四音，弋支支韻、食遮麻三韻、羊者馬三韻、夷柯歌三韻，入支、麻、歌三韻系。幾個讀音在音變鏈上都可以找到位置，無非是支韻讀是前高化的結果，麻韻系讀是後高化音變鏈上低位底階的滯留形式，歌韻讀是低位後化進一階的形式，夷柯反正是該音變節點上的反切記音。歌韻系讀與主流的支韻系、次主流的麻韻系讀相比，涉字很少，因而看起來有點「例外」，但語音實質和音變行為仍是「例內」的。

東漢正處在歌部韻尾脫落的變換期，音節等長運動尚未開始。譯經初期選字，「虵」有 ʎɑ 音，就被拿來對梵文 ya，這個讀音後來固定為譯經音，而原有字義的 ʎɑ 後來隨音變大流併入了支、歌 2 部，這就形成了音義分化。譯經的 ʎɑ 音在三等韻形成的時代，岁時發展成了歌韻三等。

其實，「虵」字不是孤例，提示歌韻三等和歌部演變可能性的還有一字，也是特殊原因。「𡃤」，于戈反，見於《王一》《王三》《王二》，《篆隸萬象名義》切語同。于，云母，戈，一等韻，一等韻例不配云母，「𡃤」與「虵」似乎有同樣的尷尬。《廣韻》改為戶戈切，移入「和」紐下。但問題是，《切韻》音系的匣云兩母並不相混（黃笑山 1997），《廣韻》之所以將上字由云母改作匣母，可能一是觀察到了原切聲韻不諧，二是對「𡃤」字輔音後的唇化成分屬首音（onset）還是屬韻音（rhyme）作了再分析。不管怎樣，「𡃤」字云母讀可信。「𡃤」字在早於《切韻》的文獻中檢索不到，《王一》注「小人相應」，《篆隸萬象名義》注「小人相應也」，《廣韻》注「小兒相應」，「𡃤」字擬聲，文獻不載合常情。從「𡃤」字的造字理據看，凸聲而音云母，反映的是云母和見母的諧聲關係，該音該字的出現不可能晚近。云母來源於上古的小舌塞音 ɢ，三等韻的條件下發展成云母，所以于戈反就是歌韻三等云母，反語憑了切。越是後舌位輔音越容易有圓唇化趨勢，上古 ɢ 後會自然地增生出過渡音

w。三等韻的〔high〕特徵前滑音或介音對後接元音有擡高舌位的同化影響，而 G^w 收緊點非常靠後，且伴有圓唇化，比別的聲母更容易排斥後接元音過前過高的舌位，兩相作用，互相抵消，「噶」發生前高化變入支韻的可能性不大，後高化趨向才是更自然的音變選擇。「噶」和「虵」一樣，最終主元音由 a 後化為 ɑ，變入歌韻三等。

第二個問題，韻書時代，「虵」與「迦伽佉呿欨」同為佛經用字，同為歌韻開口，既然也同為三等韻，當互相繫聯，然而《切韻》的情況是「虵」獨用下字，「迦伽佉呿欨」自為一類。

譯經早期，歌部音 ɑ，為對譯梵文 a 音造上舉字，它們便入了歌部。這幾個字通常用來對譯 k 組輔音且輔音和元音間無-y-的梵文音節，從東漢到唐都是如此。如「迦」，安世高 ka，支讖 vka、ga，曇果 kā，支謙 gal、gā，竺法護 ga，僧伽婆羅 ka、ga，玄奘 ka、kā，義淨 ka、kā、ga，慧琳 ka、kā；「伽」，安世高 gha，支讖 vka、ga，法顯 ga、gha，曇無讖 ga、gha，僧伽婆羅 gha，闍那崛多 ga，玄奘 ga、gha，義淨 ka、ga、gā、ghā，智廣 ga、gha；「佉」，支謙 kha，玄奘 ka、kha、khā，義淨 kha；「呿」，支謙 khā。

中古某一時期，隨著元音長短對立的進一步消失，前滑音的音位價值越來越明確，介音出現，歌韻三等韻屬於有腭介音的一類，韻書、韻圖的信息顯示這幾個譯經用字歸在歌韻三等，但是玄奘（600～664）、義淨（635～713）、慧琳（789）、智廣（780～804）等釋家仍普遍用這幾個字對譯 ka、kha、ga 一類音，兩類現象似乎矛盾。

印歐母語本有 q、k 兩組舌根音，二組不斷前移，前移的 q 組和暫時滯留下來的那部分 k 組合併，新的 k 組繼續前移腭化，慢慢地輔音和元音之間便產生出伴生的介音，ka>kya（施向東 1983）。淨嚴《悉曇三密抄》在解釋日本悉曇家為梵文 ka 組字母注音所用的符號時說：「南天竺音ヵ，中天竺音キャ。」ヵ音 ka，キャ音 kya（施向東 1983），很是明確。事實上，對譯帶-y-音節的例子確實也有，雖然少數，如「迦」，支謙 ghya，玄奘 kya，「佉」，玄奘 khya。劉廣和（2002）梳理東漢至宋帶-y-的梵漢對音資料，認為漢語 i 介音在東漢就有了。儲泰松（1998）認為對梵文-y-音節的三等佔多數，據此可推測漢語三等韻有 j 介音。劉、儲二位先生都認同梵文 y 與漢語腭介音的實際

對當關係。不過，儲泰松（1998）同時指出：「三等字也有不對這種音節的，但起首輔音限於 k 組、c 組、ś 等幾類，除 k 組外，這些輔音都容易衍生出元音 i。」看來和其他輔音相比，梵文 k 組輔音腭介音的伴生性是最弱的。如果再考慮到東漢至唐「迦」諸字對不帶-y-音節的用例遠比對帶-y-音節的多，那麼，劉先生提到的「迦」後漢三國對 ghya、兩晉對 kya，或許可以解釋為近音替代。

　　總之，到韻書時代，梵文 k 組在輔音前移腭化的趨勢下，實際發音已可以在輔元音間聽辨出伴生的腭音成分。不過，可能 k 組輔音與這個腭音成分的結合更接近於腭化輔音，或者腭音成分雖已有一定的音長，但尚處於輔元音過渡段和前滑音之間，還不足以成為獨立的音段，簡言之，k 組輔音和腭音成分的關係與漢語聲母和介音的關係不完全等同。關於這一點，還有一個例子值得注意。義淨（635～713）《南海寄歸內法傳》以「薄迦」對譯 vākya 時，特意給「迦」字注音「枳也反」。「也」，馬韻開口三等-ia，義淨用它提示「迦」所對梵文音節的-y-成分。「迦」是譯經高頻用字，本不必加注反切，如果「迦」代表的梵文音節中介音的音位性足夠明確，如果該音節完全可以對譯 kya，那麼「枳也反」就多此一舉了。

　　「迦」諸字的梵音近中古三等韻，而《切韻》時代三等介音的音位確立不久，音值隨前接聲母和後接元音的不同而有變體，所以韻書可以將這幾個譯經用字處理作歌韻三等。不過，畢竟這幾個字代表的實際讀音可能更像是 kʲɑ 或 kịɑ 一類，而非歌韻三等的 kiɑ 之類〔註17〕，而「虵」本為漢字漢音，按音變規律發展，韻書時代的讀音 jiɑ 是真正的歌韻三等。「虵」與「迦」諸字實際讀音小異，所以下字沒有相互繫聯。

七、「虵」字夷柯反少見於典籍的原因

　　「虵」字夷柯反只出現於《王三》《王二》，《切三》《王一》《廣韻》《集韻》無收，同時期中土音義經籍也無收，如《經典釋文》便無，這並不奇怪。「虵」

〔註17〕《韻鏡》《七音略》無「迦呿伽」字，《切韻指掌圖》歌韻三等才出現，可能暗示了
　　　　「迦呿伽」三等韻的漢化讀音被真正接受時間較晚。《切韻》對待外來音有折合和
　　　　忠實的矛盾心理，《王三》「䶨」紐「火戈反又希波反」，李榮（1956：47）說：「『火
　　　　波反』可能是沒有辦法，趨於近之而已的反切。䶨字本來是借字，念三等是模仿外
　　　　國音，念一等是漢化的讀音。」

在中古早期原有漢音 ʎɑ（＞jiɑ），這個音後世漸漸專用於佛經文獻，而釋家音在韻書中比較邊緣，收或不收較隨意，無關音讀是否正確或是否真實在用。如「般」字「鉢」音，僅在《廣韻》中曇花一現，薄官切、布還切兩處小注「又音鉢」，正切則未收此音，其他韻書也無載。薄官切又音前注「釋典」二字提示了「鉢」音的由來。此音是「般若」連讀時語流中的發音 pan nja＞pa nja＞pǎt nja（趙庸 2016）。至於同時期的中土音義經籍，也無意收錄佛典音義，如《經典釋文》，彙集唐代以前各家給先秦經書所做的注釋，由於音義之間存在關聯性，專用於佛典而非經書的音讀自然是被外典排除在外的。

夷柯反的拼切應該產生得比較早，在中古早期，一、三等韻尚不以腭介音的有無來作區別，「等第」的觀念尚未出現，拼切不講究上下字的等第和諧，就當時，夷柯反已足夠表達音讀。早期反切不合《切韻》的拼切規則，並不鮮見，宋人等韻門法針對這類「逾矩」切語有諸多補救性解釋，明人真空在元人劉鑒十三門法的基礎上又補充了七門，其中有「就形」一門：「謂見溪群疑、幫滂並明、非敷奉微、曉匣影喻此一十六字母，第三等為切，韻逢諸母第一，宜切出第一等字。今詳前後俱無，卻切第三。故曰：開合果然無有字，就形必取第三函。」意思是某些三等韻字用一等韻為切語下字，歸等時仍以上字為依據。《王三》《廣韻》「鳳」馮貢反／切即此類，「虵」夷柯反與之原理同。

後世看來的拼切不合規範，難免影響夷柯反後來於典籍的傳佈。當然，最主要的原因恐怕還是夷柯反已為佛經文獻專用［註18］，以母歌韻開口三等之「虵」字音已漸失日常用義的依託。

八、餘　論

「虵」字歌韻一等定母讀中古韻書僅《集韻》唐何切一見。相信此讀確實存在過。唐何切和夷柯反都來自上古歌部，上古聲母一樣，區別在於唐何切上古是長元音，夷柯反是短元音，後來的語音演變就走了兩條路。唐何切的由來是：lāl＞lāj＞lā＞ɾā＞＞dɑ。

總之，「虵」字夷柯反不宜視作以定二母上古關係的遺留，夷柯反與唐何切

［註18］ 如五代可洪《新集藏經音義隨函錄》卷一三「曰虵」條：「下余歌反。」卷二三「脾虵虵」條：「中夷歌反，下音野。」「余歌反」「夷歌反」與韻書的「夷柯反」用字頗似，拼切結構相同。

的音讀實質不同，夷柯反的拼切用字雖看似有違《切韻》的聲韻配合規律，但它表示的讀音確實是以母歌韻開口三等。夷柯反可能是早期切語，從前中古期音系演變和中古音韻格局來看，夷柯反拼切形式的例外，並不反映音變例外，實質仍是音變「例內」之音。

附錄三 《王三》支脂之韻系的分與混

一、支脂之部至支脂之韻系的分混流變

　　上古韻部支、脂、之三分說始立於段玉裁（1767），後王念孫、江有誥、牟應震各自獨立發明，有共同認識。此說經戴震考覆，認為確論。清儒之說運用歸納排比之法，在類上離析本原。今漢語方言和親屬語調查則利用實際語言為三分說提供支持（鄭張尚芳 2003：162）。今諸家上古韻部均支[註1]、脂、之部三分，如董同龢（1944 / 1948：72）、李方桂（1971 / 1980：36，63，67）、鄭張尚芳（1981 / 2012）、王力（1985：34）、Starostin（1989 / 2010：228，245～246，251～253）、Baxter（1992）、潘悟雲（2000：219、233）。也有少數學者持不同意見，如黃綺（1980）主張不分為宜，史存直（1981：97～104）認為支部不是獨立的韻部。對此，楊劍橋（2012：155～159）指出如果僅限於可靠例證，排除學界意見分歧處，客觀考慮《說文》讀若、《詩經》異文的合韻比例，以及時地遷移和字音更革，三分說依然證據充分。要之，三分說立論基礎堅實，有廣泛共識。

　　不過，支、脂、之部的混例出現得很早。段玉裁提出「一聲可諧萬字，萬字而必同部，同聲必同部」，但在具體操作上又有「古諧聲偏旁分部互用」的

〔註1〕董同龢（1944 / 1948）、李方桂（1971 / 1980）將支部稱為佳部。

情況。如段氏《六書音均表》分古韻為十七部，其中十五部包含脂部，十六部為支部，《說文解字注》中「此」聲字搖擺，「紫泚訾」注「十五部」，「柴娭鬆疵骴鴜觜紫齜鴜」注「十六部」，「雌眦觜鰓觜啙觜欪齜辈越批」注「十五十六部」，「紫」注「十五部亦十六部」，又有描述歸部變動者，「此」注「十五部，漢人入十六部」，「茈」注「古音在十五部，轉入十六部」，「玭」注「十五部，古此聲之字多轉入十六部」，「紫」注「十五部，凡此聲亦多轉入十六部」。段玉裁的考證立足小學，於諧聲、《詩經》押韻等皆有根據。可見，至遲在漢代，支、脂部就已雖大限可辨，但難說絕對的涇渭分明。邊田鋼、黃笑山（2018）認為支、脂、之三部春秋、戰國時期已開始合併趨勢。

中古支、脂、之韻與上古支、脂、之部實質不完全對等。如單說陰聲韻部的演變方向，支、脂、之部短元音相應地變入支、脂、之韻，支韻還有歌部〔註2〕短元音來源，脂韻還有微部短元音來源。不過，支、脂、之部與支、脂、之韻轄字依然有相當比例的重合。中古前期可以看到不少支、脂、之韻相混的例子，其中多數為上古支、脂、之部字。

文獻材料可以反映六世紀末七世紀初的這一情況。陸法言《切韻·序》有言「又支支脂脂魚虞共為一韻」，《顏氏家訓·音辭》辨謬失輕微者，言北人「以紫紙為姊旨」，均反映北方存在支、脂相混現象。《顏氏家訓·書證》談及東宮舊事，「吳人呼祠祀為鷗祀，故以祠之代鷗脂字」，說明吳地脂、之有混，《篆隸萬象名義》「脂脂，諸時反之」「止止，之視反旨」，如果二反確是抄承自顧野王，也可據以作同樣的推測。戴震《聲韻考》卷二《考定〈廣韻〉獨用同用四聲表》，考定唐初功令之「同用」「獨用」，支脂之同用、紙旨止同用、寘至志同用，說明唐初支、脂、之韻讀很近，提示混韻的實際語音基礎。

一、二等重韻混併是中唐、五代以後的趨勢，三等重韻支、脂、之韻相混源流時間更早（黃笑山 1995：175～176，183）。梳理上古至《切韻》周邊時期，不少材料表明，支、脂、之部演變至支、脂、之韻，韻類之間的相混長期存在，且甚於他韻。不過，通常認為《切韻》系韻書支、脂、之韻仍是三韻分

〔註2〕 嚴格地說，諧聲時代歌部、微部收 l 尾，l 不是元音韻尾，不能涵蓋在傳統的陰聲韻部下。不過，歌部、微部的 l 尾至漢代轉化為 j（鄭張尚芳 2003：165、潘悟雲 2007），後期進一步弱化、脫落，變為陰聲韻部，和其他陰聲韻部有同樣的音韻行為，因此本章將歌部、微部置於陰聲韻部下合併討論。

立，如有相混，表現和他韻無二致，主要是置韻錯誤，或被切字和反切下字屬韻不協，相混程度則未見提及或判定。上述兩方面的認識似乎不能完全密合。所以，多大程度上去理解支、脂、之韻的相混，相混是韻系之混，還是偶然為之，混韻的方向是多項隨意，還是有章可循，諸如此類，頗耐人尋味。

《切韻》反映六世紀文學語言的語音系統，可以代表六世紀的語音（周祖謨 1966），對其音系實質的正確理解於漢語音史研究有重要意義。《切韻》原本已逸，今可見最接近《切韻》原貌的完本韻書為宋跋本王仁昫《刊謬補缺切韻》（下簡稱「《王三》」），《王三》也是今可見支、脂、之韻系俱全的《切韻》最早的傳本。本文選取《王三》作一考察。《王三》支韻系共 666 字〔註3〕，上古見 554 字，脂韻系共 576 字，上古見 484 字，之韻系共 345 字，上古見 297 字。因涉及上古來源，且上古見字在全部收字中佔多數，分別為支韻 83.18%＝554／666、脂韻 84.03%＝484／576、之韻 86.09%＝297／345，所以本文討論祇限於《王三》的上古見字。

二、《王三》支脂之韻系主流來源顯示的「分」

上古到中古，漢語通語語音發展有很強的規律性，主流是根據語音條件發生條件音變。因此，考察支、脂、之韻的界限問題，需立足中古回溯上古音來源。

支、脂、之韻主流來源〔註4〕的音變途徑一致，據上古陰聲韻部、陽聲韻部、入聲韻部有所不同。陰聲韻部或直接、或元音異部通變變入支、脂、之韻。陽聲韻部異尾通變變入支、脂、之韻。入聲韻部或異尾通變、或加後置尾 s、或元音異部通變且加後置尾 s 變入支、脂、之韻，加後置尾 s 的變入去聲。另有陰、陽、入聲韻部間元音異部通變且異尾通變變入支、脂、之韻〔註5〕。

（一）支韻系

《王三》支韻系屬主流音變的上古韻部來源有：魚部 a、歌 $_1$ 部 al、元 $_1$ 部 an、月 $_1$ 部 ad、鐸部 ag、微 $_2$ 部 ul、支部 e、歌 $_2$ 部 el、元 $_2$ 部 en、盍 $_2$ 部 eb、

〔註3〕字數指字的出現次數，若有字頭多收，則計作多字。本章所說字數均同此。

〔註4〕本章所說的主流來源主要是就上古至中古的音變規律而言的，涉字多少不是最重要的因素。

〔註5〕並非每個韻系的上古音變來源都涉及全部途徑。

月 2 部 ed、錫部 eg、歌 3 部 ol、元 3 部 on、月 3 部 od、微 1 部 ɯl，共 527 字，可分五類，下 18 小類。

第一類，陰聲韻部直接變入支韻，共 486 字。

（1）<u>魚部 a</u>〔註6〕，2 字。巇，虍聲，許羈反 qʰră〔註7〕；廵，且聲，此豉反 skʰăs。（2）<u>歌 1 部 al</u>，165 字（例三字，餘不贅）。秡，皮聲，敷羈反 pʰăl；葹，也聲，式支反 l̥ăl；犠，魚倚反 ŋʳăl。（3）<u>支部 e</u>，193 字（例三字，餘不贅）。脾，卑聲，苻支反 bě；雌，此聲，七移反 sʰě；咫，只聲，諸氏反 kʲě?。

（4）<u>歌 2 部 el</u>，58 字（例三字，餘不贅）。蘢，罷聲，彼為反 pʳěl；釃，离聲，呂移反 b‧rěl；鬹，規聲，居隨反 kʷěl。（5）<u>歌 3 部 ol</u>，68 字（例三字，餘不贅）。甀，垂聲，直垂反 dǒl；桅，危聲，居委反 kʳǒl?；矮，委聲，於偽反 qʳǒls。

第二類，陰聲韻部元音異部通變變入支韻，共 8 字。

（6）<u>微 2 部 ɯl 歌 3 部 ol</u> 元音異部通變，7 字。縋，𣍘聲〔註8〕，池累反 dǒls；槌，𣍘聲，池累反 dǒls；膇，𣍘聲，池累反 dǒls；累，畾聲，力委反 rǒl?；樏，畾聲，力委反 rǒl?；累，畾聲，羸偽反 rǒls；衰，衰聲，楚危反 sʰrǒl。

（7）<u>微 1 部 ɯl 歌 1 部 al</u> 元音異部通變，1 字。禕，韋聲，於離反 qʳăl。

第三類，陽聲韻部異尾通變變入支韻，共 10 字。

（8）<u>元 1 部 an 歌 1 部 al</u> 異尾通變，1 字。觶，單聲，支義反 tʲăls。（9）<u>元 2 部 en 歌 2 部 el</u> 異尾通變，2 字。嬋，前聲，即移反 sěl；霹，鮮聲，息移反 sʲěl。（10）<u>元 3 部 on 歌 3 部 ol</u> 異尾通變，7 字。揣，耑聲，初委反 skʰrǒl?；諯，耑聲，之累反 tʲǒl?；惴，耑聲，之睡反 kˡʲǒls；箠，耑聲，是為反 gˡʲǒl；瑞，耑聲，是偽反 gˡʲǒls；觖，丸聲，於詭反 qʳǒl?；薳，員聲，為委反 ɢʳǒl?。

第四類，入聲韻部異尾通變變入支韻，共 5 字。

（11）<u>月 1 部 ad 歌 1 部 al</u> 異尾通變，1 字。憑，帶聲，尺尓反 tʰʲăl?。（12）<u>鐸部 ag 歌 1 部 al</u> 異尾通變，1 字。𠏢，霍聲，息委反 sqʰwăl?。（13）<u>月 2 部 ed 歌 2 部 el</u> 異尾通變，1 字。峛，列聲，力氏反 rěl?。（14）<u>錫部 eg 支部 e</u> 異尾通

〔註6〕魚部本當參與元音後高化鏈移（趙庸 2020a），但上古既有一些魚部字混入歌部（潘悟雲 2000：193），遂從歌部進行音變。

〔註7〕反切後為與反切對應的上古擬音，下同。

〔註8〕「𣍘」聲本屬微 2 部，「縋」字通變讀入歌 3 部。下出字例凡涉通變者示意同此。

變，1 字。菥，析聲，息移反 s¹ě。（15）月₃部 od 歌₃部 ol 異尾通變，1 字。餲，兌聲，人〔註9〕垂反-ǒl。

第五類，入聲韻部加後置尾 s 變入寘韻，共 18 字。

（16）盍₂部 eb 加後置尾 s，2 字。荔，刕聲，力智反 g・rěbs；珕，刕聲，力智反 g・rěbs。（17）月₂部 ed 加後置尾 s，1 字。觖，夬聲，窺瑞反 kʰʷěds。（18）錫部 eg 加後置尾 s，15 字。臂，辟聲，卑義反 pěgs；譬，辟聲，匹義反 pʰěgs；甓，辟聲，匹義反 pʰěgs；避，辟聲，婢義反 běgs；朿，朿聲，此豉反 sʰěgs；刺，朿聲，此豉反 sʰěgs；莿，朿聲，此豉反 sʰěgs；諫，朿聲，此豉反 sʰěgs；積，朿聲，紫智反 sěgs；漬，朿聲，在智反 zěgs；䟎，朿聲，在智反 zěgs；啻，帝聲，施智反 l̥ěgs；賜，易聲，斯義反 l̥ěgs；易，易聲，以豉反 lěgs；縊，益聲，於賜反 qěgs。

（二）脂韻系

《王三》脂韻系屬主流音變的上古韻部來源有：歌₁部 al、脂₂部 i、脂₁部 il、真₁部 in、緝₂部 ib、質₁部 id、質₂部 ig、幽部 u、微₂部 ul、文₂部 un、緝₃部 ub、物₂部 ud、月₂部 ed、歌₃部 ol、月₃部 od、之部 ɯ、微₁部 ɯl、幽₂部 ɯw、文₁部 ɯn、緝₁部 ɯb、物₁部 ɯd、職部 ɯg，共 459 字，可分七類，下 24 小類。

第一類，陰聲韻部直接變入脂韻，共 305 字。

（1）脂₂部 i，114 字（例三字，餘不贅）。庀，比聲，必至反 pǐs；荑，夷聲，以脂反 lǐ；鰭，旨聲，渠脂反 gˠǐ。（2）脂₁部 il，73 字（例三字，餘不贅）。扤，几聲，居履反 kǐl?；湄，眉聲，武悲反 mˠǐl；齏，齊聲，即夷反 sǐl。（3）微₂部 ul，73 字（例三字，餘不贅）。追，𠂤聲，陟隹反 tǔl；愧，鬼聲，軌位反 kˠǔls；綏，委聲，儒隹反 mglʲǔl。（4）之部 ɯ，29 字（例三字，餘不贅）。秠，不聲，敷悲反 pʰɾǔ；龜，龜聲，居追反 kʷɾǔ；洧，又聲，榮美反 ɢʷɾǔ?。（5）微₁部 ɯl，16 字（例三字，餘不贅）。悲，非聲，府眉反 pɾǔl；驥，異聲，几利反 kpɾǔls；絺，希聲，丑脂反 kʰlǔl。

第二類，陰聲韻部元音異部通變變入脂韻，共 5 字。

〔註9〕「人」，日母字，蓋誤。兌聲，以透定清章書以母為諧聲類型，中古不當與日母發生關係。《切三》《切二》《廣韻》人垂反／切下無此字，《王二》無人垂反。

（6）歌$_1$部 al 微$_1$部 ɯl 元音異部通變，1 字。蓶，十聲，即夷反 sɯ̆l。（7）幽部 u 之部 ɯ 元音異部通變，3 字。殍，孚聲，符鄙反 b^{r}ɯ̆ʔ；晷，咎聲，居洧反 k^{wr}ɯ̆ʔ；厬，咎聲，居洧反 k^{wr}ɯ̆ʔ。（8）歌$_3$部 ol 微$_2$部 ul 元音異部通變，1 字。桵，妥聲，儒隹反 n^{j}ŭl。

第三類，陽聲韻部異尾通變變入脂韻，共 9 字。

（9）真$_1$部 in 脂$_1$部 il 異尾通變，6 字。胂〔註 10〕，申聲，以脂反 lĭl；欭，因聲，乙利反 q^{r}ĭls；寅，寅聲，以脂反 lĭl；伊，尹聲，於脂反 qĭl；咿，尹聲，於脂反 qĭl；蛜，尹聲，於脂反 qĭl。（10）文$_2$部 un 微$_2$部 ul 異尾通變，1 字。葰，允聲，息遺反 sq^{h}ŭl。（11）文$_1$部 ɯn 微$_1$部 ɯl 異尾通變，2 字。豯，豩聲，許偽〔註 11〕反 qp^{hr}ɯ̆l；䩜，辰聲，丑脂反 p^{h}lɯ̆l。

第四類，入聲韻部異尾通變變入脂韻，共 3 字。

（12）質$_2$部 ig 脂$_2$部 i 異尾通變，2 字。荎，至聲，直尼反 glĭ；胵，至聲，處脂反 k^{hlj}ĭ。（13）物$_2$部 ud 微$_2$部 ul 異尾通變，1 字。濢，卒聲，遵誄反 sŭlʔ。

第五類，入聲韻部加後置尾 s 變入至韻，共 132 字。

（14）緝$_2$部 ib 加後置尾 s，6 字。摯，執聲，脂利反 k^{lj}ĭbs；鷙，執聲，脂利反 k^{lj}ĭbs；蟄，執聲，脂利反 k^{lj}ĭbs；贄，執聲，脂利反 k^{lj}ĭbs；鞏，執聲，執利反 klĭbs；鷙，執聲，執利反 klĭbs。（15）質$_1$部 id 加後置尾 s，39 字（例三字，餘不贅）。濞，畀聲，匹備反 p^{hr}ĭds；悸，季聲，其季反 g^{w}ĭds；躓，質聲，陟利反 tĭds。（16）質$_2$部 ig 加後置尾 s，26 字（例三字，餘不贅）。秘，必聲，鄙媚反 p^{r}ĭgs；緻，至聲，直利反 glĭgs；撎，壹聲，乙利反 q^{r}ĭgs。（17）緝$_3$部 ub 加後置尾 s，2 字。轛，對聲，追顇反 tŭbs；懟，對聲，直類反 dŭbs。（18）物$_2$部 ud 加後置尾 s，38 字（例三字，餘不贅）。類，类聲，力遂反 rŭds；粹，卒聲，雖遂反 s^{l}ŭds；墜，㒸聲，直類反 glŭds。（19）緝$_1$部 ɯb 加後置尾 s，3 字。莅，立聲，力至反 rɯ̆bs；涖，立聲，力至反 rɯ̆bs；位，立聲，洧冀反 ɢ^{wr}ɯ̆bs。（20）物$_1$部 ɯd 加後置尾 s，14 字。鄪，弗聲，鄙媚反 p^{r}ɯ̆ds；穊，旡$_1$聲，几利反 k^{r}ɯ̆ds；暨，旡$_1$聲，其器反 kɯ̆ds；鱀，旡$_1$聲，其器反 g^{r}ɯ̆ds；隸，隶聲，力遂反 rɯ̆ds；肆，隶聲，息利反 l̥^{j}ɯ̆ds；䔲，隶聲，

〔註 10〕《王三》形誤作「胂」，《切二》《切三》是。

〔註 11〕「偽」寘韻字，《王二》《廣韻》作「位」，至韻字，是。

息利反 l̥ʲŭds；犀，隶聲，息利反 l̥ʲŭds；䴏，隶聲，許器反 m̥ʰŭds；肄，隶聲，羊至反 lŭds；隶，隶聲，羊至反 lŭds；轡，䜌聲，鄙媚反 pʰŭds；器，器聲，去冀反 kʰⁱŭds；魅，未聲，美秘反 mⁱŭds。（21）職部 ɯg 加後置尾 s，4 字。備，葡聲，平祕反 bʰⁱŭgs；糒，葡聲，平祕反 bʰⁱŭgs；犕，葡聲，平祕反 bʰⁱŭgs；椨，葡聲，平祕反 bʰⁱŭgs。

第六類，入聲韻部元音異部通變且加後置尾 s 變入至韻，共 4 字。

（22）月₂部 ed 質₁部 id 元音異部通變且加後置尾 s，3 字。彗，彗聲，雖遂反 sqʰʷĭds；篲，彗聲，徐醉反 sGʷĭds；劓，臬聲，魚器反 ŋⁱĭds。（23）物₁部 ɯd 質₁部 id 元音異部通變且加後置尾 s，1 字。寐，未聲，蜜二反 mĭds。

第七類，入聲韻部元音異部通變又與陰聲韻部異尾通變變入脂韻，共 1 字。

（24）月₃部 od 物₂部 ud 微₂部 ul 元音異部通變又異尾通變，1 字。綴，叕聲，陟佳反 tŭl。

（三）之韻系

《王三》之韻系屬主流音變的上古韻部來源有：脂₂部 i、質₂部 ig、之部 ɯ、蒸部 ɯŋ、緝₁部 ɯb、物₁部 ɯd、職部 ɯg，共 293 字，可分六類，下 9 小類。

第一類，陰聲韻部直接變入之韻，共 266 字。

（1）之部 ɯ，266 字〔註12〕（例三字，餘不贅）。洱，耳聲，而止反 ml̥ʲɯʔ；思，囟聲，息茲反 sⁱɯ；飴，台聲，与之反 Glɯ。（2）幽₂部 ɯw〔註13〕，5 字。軌〔註14〕，九聲，居洧反 kʷⁱɯwʔ；宄，九聲，居洧反 kʷⁱɯwʔ；匭，九聲，居洧反 kʷⁱɯwʔ；氿，九聲，居洧反 kʷⁱɯwʔ；逵，坴聲，渠追反 gʷⁱɯw。

第二類，陰聲韻部元音異部通變變入之韻，共 6 字。

（3）脂₂部 i 之部 ɯ 元音異部通變，6 字。毉，医聲，於其反 qɯ；瘱，医聲，於其反 qɯ；耔，矛聲，即里反 skɯʔ；第，矛聲，側李反 srɯʔ；胏，矛聲，

〔註12〕含「厎」字。「氏」聲上古入脂₁部，中古入脂韻，「厎」字《廣韻》正有職雉切旨。「厎」上古另入之部，tʰⁱɯʔ，為變音（鄭張尚芳 2003：303），變自脂₁部 tⁱilʔ，此據收。

〔註13〕幽₂部 ɯw 漢代時韻尾 w 因異化脫落，遂變入之部ɯ（鄭張尚芳 2003：191）。

〔註14〕《王三》作俗形「軓」。

側李反 srŭʔ；柿，朿聲，鋤里反 zrŭʔ。

第三類，陽聲韻部異尾通變變入之韻，共 1 字。

（4）蒸部 ɯŋ 之部 ɯ 異尾通變，1 字。徵，徵聲，陟里反 tɯʔ。

第四類，入聲韻部異尾通變變入之韻，共 6 字。

（5）緝₁部 ɯb 之部 ɯ 異尾通變，1 字。舂，舂聲，魚紀反 ŋˈɯʔ。（6）物₁部 ɯd 之部 ɯ 異尾通變，1 字。懻，旡₁聲，渠記反 gɯs。（7）職部 ɯg 之部 ɯ 異尾通變，4 字。屭，異聲，胥里反 spˈɯʔ；冀，異聲，焉記反 b·lɯs；噫，㦤聲，於其反 qɯʔ；饐，㦤聲，於擬反 qɯʔ。

第五類，入聲韻部加後置尾 s 變入志韻，共 13 字。

（8）職部 ɯg 加後置尾 s，13 字。亟，苟聲，去吏反 kʰɯgs；飤，食聲，辝吏反 sɢˈɯgs；試，弋聲，式吏反 l̥ɯgs；異，異聲，餘吏反 b·lɯgs；意，㦤聲，於記反 qɯgs；鷾，㦤聲，於記反 qɯgs；廁，則聲，初吏反 skʰrɯgs；置，直聲，陟吏反 tɯgs；值，直聲，直吏反 dɯgs；植，直聲，直吏反 dɯgs；熾，戠聲，尺志反 kʰljɯgs；幟，戠聲，尺志反 kʰljɯgs；識，戠聲，式吏反 qʰljɯgs。

第六類，入聲韻部元音異部通變且加後置尾 s 變入志韻，共 1 字。

（9）質₂部 ig 職部 ɯg 元音異部通變且加後置尾 s，1 字。魅，失聲，丑吏反 kʰlɯgs。

（四）小 結

統計《王三》上古見字，支、脂、之韻由上古韻部經主流音變途徑變入的佔絕大多數，比例分別為 95.13%＝527 / 554、94.83%＝459 / 484、98.63%＝293 / 297。所以，《王三》支、脂、之韻主體不混，三分格局儼然。段玉裁以支、脂、之「三部自唐以前分別最嚴」《六書音均表》，誠為信言。

三、《王三》支脂之韻系非主流來源顯示的「混」

非主流來源的中古音，指不符合上古到中古主流來源音變邏輯的中古韻讀。支、脂、之韻具体表現為支韻雜入脂、之韻字，脂韻雜入支、之韻字，之韻雜入支、脂韻字，即通常所說的「混韻」。

（一）支韻系

《王三》支韻系屬非主流來源的上古韻部來源有：脂₂部 i、脂₁部 il、真₁

部 in、質₂部 ig、微₂部 ul、之部 ɯ、文₁部 ɯn、職部 ɯg，共 27 字，可分四類，下 8 小類。第一、二、三類為脂韻混入支韻，21 字，第四類為之韻混入支韻，6 字。

第一類，陰聲韻部當變入脂韻，而實入支韻，共 17 字。

（1）脂₂部 i，9 字。比，比聲，婢義反；弨，耳聲，弥婢反；洱，耳聲，弥婢反；䍦，耳聲，弥婢反；䍖，米聲，文彼反；麊，米聲，武移反；采，米聲，武移反；林，水聲，之累反；楮，旨聲，章移反。（2）脂₁部 il，7 字。庀，匕聲，匹婢反；疕，匕聲，匹婢反；泜，氏聲，章移反；狔，尼聲，女氏反；柅，尼聲，女氏反；旎，尼聲，女氏反；劑，齊聲，觜隨反。（3）微₂部 ul，1 字。眭，佳聲，許隨反。

第二類，陽聲韻部異尾通變當變入脂韻，而實入支韻，共 2 字。

（4）真₁部 in 脂₁部 il 異尾通變，1 字。茾，尹聲，羊捶反。（5）文₁部 ɯn 微₁部 ɯl 異尾通變，1 字。賁，奔聲，彼義反。

第三類，入聲韻部異尾通變當變入脂韻，而實入支韻，共 2 字。

（6）質₂部 ig 脂₂部 i 異尾通變，1 字。摯，至聲，陟侈反。（7）職部 ɯg 之部 ɯ 異尾通變，1 字。備，葡聲，皮義反。

第四類，陰聲韻部當變入之韻，而實入支韻，共 6 字。

（8）之部 ɯ，6 字。裁，才聲，此豉反；諌，來聲，丑知反；髵，耏聲，呂移反；耏，耏聲，呂移反；伲，囟聲，雌氏反；芷，止聲，諸氏反。

（二）脂韻系

《王三》脂韻系屬非主流來源的上古韻部來源有：歌₁部 al、鐸部 ag、支部 e、歌₂部 el、歌₃部 ol、之部 ɯ，共 25 字，可分四類，下 7 小類。第一、二、三類為支韻混入脂韻，18 字，第四類為之韻混入脂韻，7 字。

第一類，陰聲韻部當變入支韻，而實入脂韻，共 15 字。

（1）歌₁部 al，2 字。齹，ナ聲，取私反；齹，ナ聲，疾脂反。（2）支部 e，7 字。髀，卑聲，卑履反；痺，卑聲，必至反；眭，圭聲，許維反；檇，巂聲，將遂反；孈，巂聲，以水反；胝，只聲，旨夷反；疧，只聲，旨夷反。（3）歌₂部 el，4 字。地，地聲，徒四反；睽，規聲，癸悸反；䙷[註15]，規聲，

〔註15〕《王三》作俗形「䙷」。

葵癸反；覭，麗聲，力至反。（4）歌 3 部 ol，2 字。鱙，陸聲，以水反；鄃，
危聲，暨軌反。

第二類，陰聲韻部元音異部通變當變入支韻，而實入脂韻，共 2 字。

（5）歌 1 部 al 歌 2 部 el 元音異部通變，2 字。肔，也聲，神至反；肔，也
聲，羊至反。

第三類，入聲韻部元音異部通變又與陰聲韻部異尾通變當變入支韻，而實
入脂韻，共 1 字。

（6）鐸部 ag 錫部 eg 支部 e 元音異部通變又異尾通變，1 字。硙，炙聲，
居履反。

第四類，陰聲韻部當變入之韻，而實入脂韻，共 7 字。

（7）之部 ɯ，7 字。諫，來聲，丑利反；嫠，𠭯聲，力脂反；嫠，𠭯聲，
力脂反；薿，止聲，䏶几反；治，之聲，直利反；欸，之聲，於几反；滍，止
聲，直几反。

（三）之韻系

《王三》之韻系屬非主流來源的上古韻部來源有：真 1 部 in、質 2 部 ig，共
4 字，可分兩類，下 2 小類。兩類均為脂韻混入之韻。

第一類，陽聲韻部異尾通變當變入脂韻，而實入之韻，共 1 字。

（1）真 1 部 in 脂 1 部 il 異尾通變，1 字。鎮，寅聲，与之反。

第二類，入聲韻部異尾通變當變入脂韻，而實入之韻，共 3 字。

（2）質 2 部 ig 脂 2 部 i 異尾通變，3 字。刾，㭵聲，初紀反；欸，壹聲，
於記反；咥，至聲，虛記反。

（四）小　結

統計《王三》上古見字，支、脂、之韻由上古韻部經非主流音變途徑變入
的佔比相當小，比例分別為 4.87%=27 / 554、5.17%=25 / 484、1.35%=4 / 297。所以，
《王三》支、脂、之韻的相混在統計意義上實可忽略不計。即便考慮到上文
統計所據為上古見字，上古未見字也可能發生混韻，但由於支、脂、之韻上
古見字佔總收字數的比例均在 85% 左右〔註 16〕，未見字佔比不多，因此，充
分考慮上古未見字發生混韻的可能，仍然不影響支、脂、之韻相混為少發事

〔註16〕參本章第一節。

件的總體判斷。

四、對《王三》支脂之韻系相混的分析和對《切韻》音系性質及基礎方言的認識

（一）支脂之韻相混反映的韻系關係、混韻方向及其成因

對《王三》上古見字於支、脂、之韻的相混，在方向上做字數的梳理，「→」表示混入方向，脂→支 21 字，之→支 6 字，支→脂 18 字，之→脂 7 字，支→之 0 字，脂→之 4 字。將混韻字還原其應屬韻系，①支韻應轄字＝支韻現收字＋混入他韻字－他韻混入字＝554＋（18＋0）－（21＋6）＝545 字，②脂韻應轄字＝脂韻現收字＋混入他韻字－他韻混入字＝484＋（21＋4）－（18＋7）＝484 字，③之韻應轄字＝之韻現收字＋混入他韻字－他韻混入字＝297＋（6＋7）－（0＋4）＝306 字。以此為基礎，在方向上計算支、脂、之韻的混韻比例，①a 支韻混入脂韻，佔支韻字比 18 / 545＝3.30%，①b 支韻混入之韻，佔支韻字比 0 / 545＝0%，②a 脂韻混入支韻，佔脂韻字比 21 / 484＝4.34%，②b 脂韻混入之韻，佔脂韻字比 4 / 484＝0.83%，③a 之韻混入支韻，佔之韻字比 6 / 306＝1.96%，③b 之韻混入脂韻，佔之韻字 7 / 306＝2.29%。

可見，從韻系關係上說，支、脂韻互混相對較多，支、脂韻與之韻相混相對較少，說明支、脂韻近，與之韻相對疏遠。從混韻方向上說，支、脂韻混入之韻比較不容易發生，支韻不混入之韻，脂韻基本不混入之韻，而之韻混入支、脂韻相較容易出現，之韻混入支、脂韻的概率差不多。

至於成因，先看韻系關係。《切韻》支韻（r）ie〔註17〕、脂韻（r）ii〔註18〕、之韻（r）iə，韻母（final）結構相同，差異僅在核音（nucleus）。支、脂韻的核音元音 e、i 都是前舌位非低不圓唇元音，在音系中共有〔-low〕〔-round〕〔-back〕特徵〔註19〕，且音位緊鄰，音近混讀自然比較容易。之韻的核音元音 ə 是非前舌位非低不圓唇元音，音系中與 e、i 共享〔-low〕〔-round〕特徵，〔＋back〕特徵與 e、i 不同。之韻與支、脂韻核音的音系特徵不盡相同，因此，之韻與支、

〔註17〕僅舉開口音，合口需在介音 i 前增加 w 介音。脂韻同。
〔註18〕（r）ii 是在音系中出於音位形式統一的考慮做的擬音，實際音值經經刪重規則調整為（r）i。
〔註19〕《切韻》音系的區別特徵分析見黃笑山（2006、2012）。

脂韻的韻系關係會遠一點，之韻與支、脂韻相混的實現會較支、脂韻相混概率小一些。

再看混韻方向。支、脂、之韻的相混顯示了之韻向支、脂韻的趨近，而非反過來。這和前中古期漢語通語元音音系變動大勢有關。上古晚期到《切韻》時代，漢語通語元音以高化〔註20〕、前化為總趨勢（趙庸 2020a）。前化於〔＋high〕〔＋back〕特徵元音韻部有清晰表現，以陰聲韻部為例，如微 1 部 ul、微 2 部 ul、之部 ɯ 之變入脂韻 ii，之部 ɯ 之變入之韻 iə〔註21〕。之韻之混入支、脂韻為元音由〔＋back〕特徵轉為〔-back〕特徵，即前化。支、脂韻元音本為〔-back〕特徵，若要轉入〔＋back〕特徵的之韻，則與前化趨勢牴牾。所以，《切韻》之韻混入支、脂韻比支、脂韻混入之韻更具傾向性。

（二）支脂之韻分混情況反映的《切韻》音系性質和基礎方言

關於《切韻》音系性質及其基礎方言，討論由來已久。音系性質大致可分「單一音系」和「綜合音系」兩說，基礎方言又有主張南音、北音或兼顧南北的不同。二十世紀五六十年代和八十年代，學界有過集中討論，後來也有陸續闡發，意見雖未完全一致，但《切韻》音系具有系統性和代表性的認識被普遍接受。至於基礎方言，到底是南音還是北音，是金陵音還是洛陽音〔註22〕，權重孰輕孰重，也有眾多討論。所謂「獨金陵與洛下」《顏氏家訓·音辭》，如黃淬伯（1957／2010）：「《切韻》音系既是當時南北方音的複雜組合，又經過蕭該、顏之推的規劃，顏之推所指的金陵與洛下的音系一定蘊藏在《切韻》之中，假若全面地研究六朝韻語或其他相關材料，我想當時全民語的基礎方言即金陵與洛下的音系是可以從《切韻》中發現的。」丁邦新（1995）：「把切韻音系分成鄴下〔註23〕切韻和金陵切韻兩大方言來擬測。」不少意見主張洛陽音的基礎方言地位，如趙振鐸（1962）：「以洛陽為中心的中原一帶方言是有資格作為這個基礎的。」唐作藩（1987／1991：98）：「以當時洛陽音作基礎，同時又吸收了南北方音的一些特點。」在此基礎之上不少學者還肯定了金陵音的漸染、吸收。如王顯（1961）：「《切韻》音系是以當時洛陽話為基礎的，也適當地吸收

〔註20〕前舌位元音的中古三等韻祇體現於上古[+low]特徵元音韻部來源的韻。
〔註21〕之韻擬作 iə 屬音位化構擬，音值擬音為 i，見黃笑山（1995：97）。
〔註22〕早期還有長安音說，後漸被不取。
〔註23〕鄴下其實就等於洛陽，見何大安（1981：335）。

了魏晉時代和當時河北區其他方言的個別音類以及當時金陵話的一部分音類。」邵榮芬（1961）：「當時洛陽一帶的語音是它的基礎，金陵一帶的語音是它主要的參考對象。」黃笑山（1995：5）：「可能是以洛陽皇室舊音為基礎，浸染金陵的某些語音而形成的。」也有學者主張金陵音的基礎地位，如麥耘（2009：207）：「《切韻》是以金陵音為基礎，部分綜合了洛陽語音而成的。」

　　討論《切韻》音系性質及其基礎方言，從音系本身來搜尋證據、尋求答案，無疑是有說服力的方法，學者也多有這方面的努力。如從《切韻》音系反映的語音現象出發，楊劍橋（2004）據輕唇十韻系、重紐、《切韻》及原本《玉篇》《一切經音義》的反切系統立論，如從《切韻》音類、音系格局和現代漢語方言的關係出發，曾曉渝、劉春陶（2010）考察《切韻》知、莊、章母與現代漢語方言的複雜對應，《切韻》音系聲韻調格局與現代漢語方言的差異，《切韻》小韻數與現代漢語方言音節數的差異等，這些研究都是檢驗前述問題的有益實踐。《王三》支、脂、之韻的分、混現象也可以在這一思路上為判斷提供依據。

　　上古後期，一定語音條件下，北方地區支、脂部相通，與之部關係疏遠，南方地區脂、之部相通，與支部不相往來，呈現出方言地理類型差異（邊田鋼、黃笑山 2018）。這一分合類型差別發展到《切韻》時代，在標準語的南北方變體中，於支、脂、之韻的分合呈現出相應差異，北方支脂：之對立，南方脂之：支對立（黃笑山 1995：183）。王仁昫《刊謬補缺切韻》卷首韻目小注有相關信息，《王一》《王三》韻目「旨」下注：「夏侯与止為疑，呂、陽、李、杜別，今依呂、陽、李、杜。」韻目「至」下注：「夏侯与志同，陽、李、杜別，今依陽、李、杜。」夏侯詠里籍無確考，陽休之北齊右北平無終《北齊書·陽休之傳》，今河北薊縣北人，李季節南朝宋趙郡平棘《北史·李靈傳》，今河北趙縣人，杜臺卿北齊博陵曲陽《隋書·杜臺卿傳》，今河北定縣人，脂之韻系上聲旨止去聲至志北人陽、李、杜均別，陸法言從之，可見《王三》支、脂、之韻的相混應是北方型。

　　這一現象並非形成於《切韻》一時一書，而有長期的歷史積累。上古到《切韻》前的一段時期，漢語標準語的基礎方言幾經更變，夏、商、周的伊洛方言，秦、西漢的秦晉方言，東漢、三國的洛陽方言，西晉、北魏（孝文帝以後）的河洛之音，東晉、宋、齊、梁、陳的河洛舊音（黃笑山 1995：2～5），地有遷移，但都在北方。標準語的形成和基礎方言關係密切，《切韻》支、脂、之韻相

混的北方型特徵正是這一音史流變的餘緒。

所以，從這一角度講，《切韻》音系和標準語的北方變體關係更為密切，主體的基礎方言不會是金陵音，而當是某種北方語音，如果說是洛陽音，是可以接受的。另外，支、脂、之韻的「分」可以在來源上尋繹到極其清晰的音變脈絡和規律，「綜合音系」說似乎很難對其進行解釋，「單一音系」說和《切韻》的音變行為和音系表現更為切近。

附錄四 《廣韻》稱引《說文》同字術語釋讀

　　《廣韻》一書作為宋朝的官修韻書，因內容兼及漢字的形音義，且為科舉所範，故其功用實不止於語音正讀，而亦可以字書視之。受唐代正字運動影響，宋代字書編修於字形頗多著意，《廣韻》亦有不少體現，如不單於《切韻》系前書的基礎上增多收字，同時還勤於辨析字形關係，其中，所見最夥者即標示字與字之間的同用關係，即所謂「同字」。

　　《廣韻》有 1613 處字頭下以「上同」或「同上」注明，表示該字與上一字同字，可惜多數未敘他言，今人無從瞭解析辨之根據，難知「同字」所「同」的實際所指是單純的異體關係，還是包括更多樣的字形關係。另外，「上同」「同上」字序有異，是否對應不同的字形關係，也未可知。

　　料之，編修者必不能隨意著墨，同字的判斷當有理據。好在《廣韻》不少地方注有文獻出處，涉及各類經史典籍，其中又以《說文》為巨。《說文》本是字學之圭臬，《廣韻》稱引《說文》又是延《唐韻》之續，有所增益和勘正，《廣韻》所載《說文》同字當可信。

　　梳理《廣韻》此類語料，借助《說文》來考察漢字的同用實質，不僅可以使今人便讀《廣韻》引注《說文》的條目，還可推此及彼，有助於把握《廣韻》大量僅注「上同」或「同上」的字形關係。由於漢字形音義之間固有對應關係，

因此字形關係的確定對《廣韻》語音的識讀來說也是基礎工作。

我們通檢《廣韻》，共得「上同」條目 1547 條，「同上」條目 66 條，其中論及「《說文》」的分別為 85 條和 42 條，共 127 條。我們對這 127 條條目逐一考察，發現不同術語用於揭示不同的字形關係，共可分為五類，下逐類述之。

一、「《說文》同上」與「《說文》上同」

注「《說文》同上」的共 42 條，含變例「《說文》並同上」1 條。「《說文》同上」者如「䄷」「稂」上下字，「䄷」字注：「《說文》曰『禾粟之穗生而不成者謂之童䄷』。」「稂」字注：「草名，似莠。《說文》同上。」餘者有：杶櫄〔註1〕、番蹯、它蛇、蟠頯、鶉鴲、允戎、蒸烝、函肣、閻墻、菳薽、鈙銈〔註2〕、底砥、褨俟、雝隼、宛窓、鏗鎁、寁審、鹽檻、饎餥糦、彙蝟、訴愬謕、泝遡、獎〔註3〕斃、隤瞽、線綫、兒兒、柄棅、音歆、餗鬻、漉渌、簏箓、厷厷、嘖讀、鍚鬺、鬲歷、翼鼞、鬣氉、綝縘。「《說文》並同上」者：「谷」「嗋臁」上下字，「谷」字注：「《說文》曰『口上阿也』，一曰笑皃。」「嗋臁」字並出，注：「《說文》並同上。」

注「《說文》上同」的共 6 條，含變例「《說文》亦上同」1 條。「《說文》上同」者如「玩」「貦」上下字，「玩」字注：「弄也。」「貦」字注：「《說文》上同。」餘者有：蟹鱭、蚑蠑、蹶蹶、髮髯。「《說文》亦上同」者：「臣」「𦣞」「頤」上下字，「臣」字注：「《說文》曰『頷也』。」「𦣞」字注：「籀文。」「頤」字注：「頤養也。《說文》亦上同。」

此兩類表述「同上」與「上同」異序，但統攝的字形關係一致，均為前字形於《說文》是字頭正字，後字形為《說文》另出字形。如「綝縘」：

> 《廣韻·葉韻》：「綝，連綝。《說文》曰『緁衣也』。」「縘，<u>《說文》同上</u>。」

> 《說文·糸部》：「綝，緁衣也。从糸，隶聲。<u>縘，綝或从習</u>。」

又如「蟹鱭」：

> 《廣韻·蟹韻》：「蟹，水蟲。《仙方》云『投於漆中，化為水，

〔註1〕下劃浪綫者，表示該字下語出「《說文》同上」，後仿此。
〔註2〕字原誤作「𨨏」。
〔註3〕字原俗作「獎」。

服之長生。以黑犬血灌之三日，燒之，諸鼠畢至』。」「鱰，《說文》
上同。」

　　《說文·虫部》：「蟹，有二敖八足，旁行，非蛇鮮之穴無所庇。
从虫，解聲。鱰，蟹或从魚。」

　　如上，《廣韻》收字字序如《說文》，正字在前，另寫位後。例外者唯四例：
線綫、餗鬻、翼𩙺、蚓螾。《說文·糸部》「綫」字注：「線，古文綫。」《說文·
鬲部》「鬻〔註4〕」字注：「餗，鬻或从食。」《說文·飛部》「𩙺」字注：「翼，
篆文𩙺。」《說文·虫部》「螾」字注：「蚓，螾或从引。」《廣韻》將此四例另
寫居前。例外甚少，應為《廣韻》術語冠用之疏失。

二、「上同，見《說文》」與「上同，出《說文》」

　　注「上同，見《說文》」的共 20 條，含變例「並上同，見《說文》」4 條，
「並同上〔註5〕，見《說文》」1 條。「上同，見《說文》」者如「斑」「辬」上下
字，「斑」字注：「駁也。文也。」「辬」字注：「上同，見《說文》。」餘者有：
覭莫、全仝、抽搯、鰐鮫、摽㩧、寑寑、霧霚、怖悑、爛爤、耄薹〔註6〕、射躲、
粟槀、塞窒、寒寋。「並上同，見《說文》」者如「獮」「玃𤠔」上下字，「獮」
字注：「秋獵曰獮。獮，殺也。」「玃𤠔」字並出，注：「並上同，見《說文》。」
餘者有：拯抍撜、氣餼槩、刖朏跀。「並同上，見《說文》」者：「臀」「屍脾𡱁」
上下字，「臀」字注：「《廣雅》云『臀謂之脽。亦謂之膘也』，《說文》作尻，髀
也。」「屍脾𡱁」字並出，注：「並同上，見《說文》。」

　　注「上同，出《說文》」的共 15 條，含變例「並上同，出《說文》」1 條，
「上同，亦出《說文》」1 條。「上同，出《說文》」者如「壍」「塹」上下字，
「壍」字注：「坑也。遶城水也。」「塹」字注：「上同，出《說文》。」餘者有：
星曑、尋鄩、爐罏、友㕛、晉瑨、喚讙、浸濅、瓲砿、鎗鏳、觡䚗、雪䨮、涉
㴇。「並上同，出《說文》」者：「替」「暜普暜」上下字，「替」字注：「廢也。
代也。滅也。《說文》本作暜，廢，一偏下也。」「暜普暜」字並出，注：「並上
同，出《說文》。」「上同，亦出《說文》」者：「橌」「鐧」上下字，「橌」字注：

〔註4〕《廣韻》作「鬻」，為「鬻」之省書。
〔註5〕據體例看，「同上」二字當乙正，此《廣韻》編修之疏誤。
〔註6〕《說文》作「薹」，「从老，从蒿省」。

「《說文》曰『薅器也』。《纂文》曰『耨，如鏟，柄長三尺，刃廣二寸，以刺地除草』。」「鎒」字注：「上同，亦出《說文》。」

此兩類表述語言結構相同，僅「見」與「出」字異，共同的特點是後字形是《說文》的字頭字形。前字形情況比較複雜，（1）有的前字形《說文》無，如「羬莧」：

> 《廣韻·桓韻》：「羬，山羊，細角而形大也。」「莧，上同，見《說文》。」

> 《說文·莧部》：「莧，山羊細角者。从兔足，苜聲。凡莧之屬皆从莧。讀若丸。寬字从此。」

按：《說文》無「羬」字。此類餘者有：斑辬、鰐齶、獼獮猭、寢㝲、寒寋，潷漸、盰瞯、鐯鐢、䠶驂。

（2）有的前字形《說文》有，但不是字頭字形，如「雪䨮」：

> 《廣韻·薛韻》：「雪，凝雨也。《元命包》曰『陰凝為雪』。《釋名》曰『雪，綏也，水下遇寒氣而凝，綏綏然下也』。又拭也，除也。」「䨮，上同，出《說文》。」

> 《說文·雨部》：「䨮，凝雨，說物者。从雨，彗聲。」

按：《說文》字頭無「雪」，文句中有，如《說文·白部》：「皚，霜雪之白也。」此類餘者有：摽攥、爛爤、耄薹、粟㮛、塞𡫋、臀𡱂䏰䏿，尋𢒫、友𠬪、晉𣉙、浸濅。

（3）有的前字形為籀文，如「尰瘇」：

> 《廣韻·腫韻》：「尰，足腫病。亦作尰。」「瘇，上同，出《說文》。」

> 《說文·疒部》：「瘇，脛气足腫。从疒，童聲。《詩》曰『既微且瘇』。尰，籀文从允。」

（4）有的前字形為篆文，如「涉㴇」：

> 《廣韻·葉韻》：「涉，歷也。徒行渡水也。亦漳水別名，涉縣是也。又姓，《左傳》晉大夫涉佗。」「㴇，上同，出《說文》。」

> 《說文·沝部》：「㴇，徒行厲水也。从沝，从步。涉，篆文从水。」

按：此類餘者有：全仝、射躲。

（5）有的前字形為或體，如「怖悑」：

> 《廣韻‧暮韻》：「怖，惶懼也。」「悑，上同，見《說文》。」

> 《說文‧心部》：「悑，惶也。从心，甫聲。怖，或从布聲。」

按：此類餘者有：抽擂。

（6）有的前字形為省書，如「星曑」：

> 《廣韻‧青韻》：「星，星宿。《說文》曰『萬物之精，上為列星』。《淮南子》曰『日月之淫氣，精者為星辰也』。又姓，《羊氏家傳》曰『南陽太守羊續娶濟北星重女』。」「曑，上同，出《說文》。」

> 《說文‧晶部》：「曑，萬物之精，上為列星。从晶，生聲。一曰象形。从口，古口復注中，故與日同。曑，古文星。星，曑或省。」

（7）有的前字形為俗形，如「霧霚」：

> 《廣韻‧遇韻》：「霧，《元命包》曰『陰陽亂為霧』。《爾雅》曰『地氣發天下應曰霧』。《釋名》曰『霧，冒也，氣蒙冒覆地之物也』。」「霚，上同，見《說文》。」

> 《說文‧雨部》：「霚，地气發，天不應。从雨，敄聲。」大徐注：「臣鉉等曰今俗从務。」

按：此類餘者有：拯抍撜〔註7〕、刖跀趴〔註8〕，替暜普替〔註9〕。

（8）有的前字形為《說文》新附字，如「喚讙」：

> 《廣韻‧換韻》：「喚，呼也。」「讙，上同，出《說文》。」

> 《說文‧口部》新附：「喚，評也。从口，奐聲。古通用奐。」

> 《說文‧品部》：「𠪛〔註10〕，呼也。从品，萈聲。讀若讙。」

審之，《廣韻》將《說文》認為的正形置後，是有意為之，正形相對僻用

〔註7〕《說文》以「抍」為字頭字形，「撜」為或體，大徐以「拯」為俗別字。

〔註8〕《說文》「刖」「跀」實為各字。《說文‧刀部》：「刖，絕也。」《說文‧足部》：「跀，斷足也。趴，跀或从兀。」後世「斷足」義「刖」混用於「跀」。

〔註9〕《說文》以「暜」為字頭字形，「普替」為或體，大徐以「替」為俗寫。

〔註10〕《廣韻》「讙」為《說文》「𠪛」之同構異位字。

〔註11〕，而《廣韻》置前者，雖類目繁多，但均為唐宋習用字形。如此可知，編修者未囿於《說文》，而是據實際用字習慣斟酌字序，「上同，見《說文》」「上同，出《說文》」非隨意的表述，而是專門的術語，用於提示後置的為《說文》字頭字形。

例外也有，《廣韻》「氣」「餼槩」上下字，「㮆」「鎒」上下字，《說文》「氣」「㮆」為字頭字形，「餼槩」「鎒」為或體。個別例外，無礙總體規律。

三、「上同，《說文》曰」「上同，《說文》云」與「上同，《說文》」

注「上同，《說文》曰」的共21條，含變例「上同，又《說文》曰」1條。「上同，《說文》曰」者如「辭」「辝」上下字，「辭」字注：「辭訟。《說文》曰『辭，訟也』。」「辝」字注：「上同，《說文》曰『不受也，受辛宜辝之』。」餘者有：眠瞑、蝒蛦、樘橙、靼綯、蝥蝨、針鍼、諆諆、箝鉗、俾俾、沚沚、兩兩、纏廁、塊凷、鎣瑩、帆颿、麹麴、獲玃、蹽蹅、覓〔註12〕覭。「上同，又《說文》曰」者：「蕾」「畱」上下字，「蕾」字注：「《說文》曰『不耕田也』。《爾雅》曰『田一歲曰蕾』。」「畱」字注：「上同。又《說文》曰『東楚名缶曰畱』。」

注「上同，《說文》云」的共4條。如「蚣」「蠜」上下字，「蚣」字注：「蚣蝜，蟲。」「蠜」字注：「上同，《說文》云『多足蟲也』。」餘者有：昆翼、願顠、畜蕢。

注「上同，《說文》」的共5條，含變例「亦上同，《說文》」1條。「上同，《說文》」者如「縠」「歞」上下字，「縠」字注：「懸擊也。」「歞」字注：「上同，《說文》『棄也』。」餘者有：觜紫、奫窓、鐠轄。「亦上同，《說文》」者：「瞋」「嗔」「謓」上下字，「瞋」字注：「怒也。《說文》曰『張目也』。又作嗔。」「嗔」字注：「上同。本又音填。」「謓」字注：「亦上同。《說文》『恚也』。」

此三類表述語言結構類似，差異僅在「說文」二字後是「曰」「云」，還是不綴字，共同點是「說文」二字後均引《說文》釋義。此三類關聯的上下字，字形關係主要是（1）兩字於《說文》是各字，《廣韻》以為同字，如「兩兩」：

〔註11〕一些《說文》小篆楷化後的字形尤其提示了這一點，如「**攫覆槀塞寡**」「**乏晉**」《廣韻》均置後，以「上同，見《說文》」「上同，出《說文》」關聯上一字形。
〔註12〕此為「覓」之俗訛。

《廣韻‧養韻》:「网,《說文》曰『再也。《易》云「參天网地」』。」
今通作兩。」「兩,上同,《說文》曰『二十四銖為一兩』。」

《說文‧网部》:「网,再也。从一,闕。《易》曰『參天网地』。
凡网之屬皆从网。」「兩,二十四銖為一兩。从一、网,平分,亦聲。」

按:此類餘者有:辭辤、蓄畜、蝒蚵、諶訦、箝鉗、汦汥、纏𦂠、鎣瑩、
玃躩、躔跙,昆𦋻,願顅,瞑瞋,𣪠𣀔,觜紫,夵夵。

除上舉外,餘字字形關係同上文第二大類。如(2)有的前字形《說文》無,
如「轃繍」:

《廣韻‧尤韻》:「轃,車轃。」「繍,上同,《說文》曰『馬紂
也』。」

《說文‧糸部》:「繍,馬紂也。从糸,酋聲。」

按:《說文》無「轃」字。此類餘者有:俾俾、麴籟,鐯轄。

(3)有的前字形為或體,如「塊凷」:

《廣韻‧隊韻》:「塊,土塊。」「凷,上同,《說文》曰『墣也』。
《禮》曰『寢苫而枕凷』。」

《說文‧土部》:「凷,墣也。从土,一屈象形。塊,凷或从鬼。」

按:此類餘者有:蝥蟊、畜蓄。

有的《說文》未言或體,但仍可以或體視之,如「蚨蟲」:

《廣韻‧尤韻》:「蚨,蚨蝮,蟲。」「蟲,上同,《說文》云『多
足蟲也』。」

《說文‧蚰部》:「蟲,多足蟲也。从蚰,求聲。蛷,蟲或从虫。」

按:「蚨」「蛷」為同構異位異寫字,「蚨」不見於《說文》,《說文》既以「蛷」
為「蟲」之或體,「蚨」亦可准而視之。此類餘者有:覔覛。

(4)有的前字形為俗形,如「眠瞑」:

《廣韻‧先韻》:「眠,寐也。」「瞑,上同,《說文》曰『翕目
也』。又音麵。」

《說文‧目部》:「瞑,翕目也。从目、冥,冥亦聲。」大徐注:
「臣鉉等曰今俗別作眠,非是。」

按:此類餘者有:樘橕、針鍼、帆颿。

　　上述小類，就字形關係與字序來看，主要仍是熟形居前，僻形居後，特別是（2）（3）（4）小類，出自《說文》字頭的字形基本都放在了後面〔註13〕。（1）小類的情況複雜一些，由於上下字在《說文》中都是字頭，本各自獨立，《廣韻》所謂的「同」是後來在長期的實際使用過程中發生的混同，韻書編修者摘字排序似乎只是連類而及，看不出明顯的區別熟僻的意圖。不過，編修者並非模糊各字的界限，相反，倒是可以看出編修者有意區分上下字字形、字義區別的用心，如「繐罻」：

　　　　《廣韻·祭韻》：「繐，氍類，織毛為之。《說文》曰『西胡毳布

　　也』。」「罻，上同，《說文》曰『魚网也』。」

　　　　《說文·糸部》：「繐，西胡毳布也。从糸，罻聲。」

　　　　《說文·网部》：「罻，魚网也。从网，劂聲。劂，籀文銳。」

　　按：兩字《廣韻》均引《說文》，以示義本劃然，《廣韻》注為同字，當是時人已混用。

　　總體而言，此三類稱引《說文》，主要用意並非借《說文》辨別字形關係，而是引《說文》義以正字義之本。

四、「上同，《說文》作此」「上同，《說文》本作」與「上同，《說文》又作」

　　注「上同，《說文》作此」的共 3 條。如「亥」「子」上下字，「亥」字注：「無左臂也。」「子」字注：「上同，《說文》作此。」餘者有：栗槳、弨弭。

　　注「上同，《說文》本作」的共 2 條。如「酬」「醻」上下字，「酬」字注：「周也。報也。以財貨曰酬。又酬酢。」「醻」字注：「上同。《說文》本作醻，主人進客也。」餘者有：獎獎。

　　注「上同，《說文》又作」的 1 條。「鷀」「鶿」上下字，「鷀」字注：「水鳥也。《博物志》曰『鷀，雄雌相視則孕，或曰雄鳴上風，雌鳴下風，亦孕』。」「鶿」字注：「上同，《說文》又作鷀、鶿。」

〔註13〕唯「畜𤲃」反之。《說文·田部》「畜」「𤲃」連及而書，作：「畜，田畜也。《淮南子》曰『玄田為畜』。𤲃，《魯郊禮》畜从田，从茲。茲，益也。」段注曰：「此許據《魯郊禮》文證古文从茲乃合於田畜之解也。」故《廣韻》「畜」「𤲃」之列序仍合熟前僻後之規。

　　此三類表述語言結構類似，均在「說文」後續以「作」字，以引徵《說文》字形。區別在於，「上同，《說文》作此」與「上同，《說文》本作」均關聯上下字字形，如上舉「亥」「子」、「酬」「醻」，「上同，《說文》又作」非關聯上下字字形之用，而是引入其他字形，如上舉「鶒」「鵙」，「鵙」下「《說文》又作䳘、鶪」，「䳘」「鶪」為另形，已溢出本章討論之範圍，此存而不論。

　　「上同，《說文》作此」「上同，《說文》本作」均屬為字形正本清源之術語。《廣韻》注此二者，上字均為當時通用之形，為《說文》所無或《說文》字頭所無，下字源自《說文》小篆字形，如「奬獎」：

　　　　《廣韻·養韻》：「奬，勸也。助也。成也。譽也。屬也。」「獎，上同，《說文》本作獎，喉犬屬之也。」

　　　　《說文·犬部》：「獎〔註14〕，喉犬屬之也。从犬，將省聲。」

　　按：「奬」為「獎」之俗形，「獎」又為「獎」之俗形，「犬」「大」「廾」遞相而誤於唐宋多見。《說文》無「奬」形。《廣韻》「獎」來源於《說文》「獎濤」字之形，構件位置有所調整。

　　又如「栗槀」：

　　　　《廣韻·質韻》：「栗，堅也。又果木也。《漢書》曰『燕秦千樹栗，其人與千戶侯等』。又姓，漢長安富室有栗氏。」「槀，上同，《說文》作此。」

　　　　《說文·卤部》：「槀，木也。从木，其實下垂，故从卤。槀，古文槀，从西，从二卤。徐巡說『木至西方戰槀』。」

　　按：「栗」唐宋已為通用字形，《說文》字頭無，文句中有，如《說文·木部》：「梌，果，實如小栗。」《廣韻》「槀」為《說文》「槀」之楷化。

　　可見，上舉兩類稱引《說文》，主要意在辨正字形。《廣韻》位後之字承《說文》小篆之正統，然時移世遷，小篆字形已鮮用，演變之另形反為日常書寫通用。《廣韻》將通用字形居前，源自《說文》小篆的字形存後，當出兼顧之心，願溯源其本且便利其用。

〔註14〕為敘述方便，本條「獎」及下條「槀」「槀」錄《說文》小篆字形，全文餘處徑錄楷體字形。

五、「上同，《說文》某某切」與「上同，《說文》音某」

注「上同，《說文》某某切」的共 5 條，含變例「上同，《說文》本某某切」2 條，「上同，《說文》又某某切」2 條。「上同，《說文》某某切」者：「艤」「㰱」上下字，「艤」字注：「整舟向岸。」「㰱」字注：「上同，《說文》魚羈切，輗也。」「上同，《說文》本某某切」者如「鏃」「鉈」上下字，「鏃」字注：「短矛。」「鉈」字注：「上同，《說文》本食遮切。」餘者有：冫冰。「上同，《說文》又某某切」者如「弣」「刞」上下字，「弣」字注：「弓把中也。」「刞」字注：「上同，《說文》又方九切，刀握也。」餘者有：矩榘。

注「上同，《說文》音某」的共 2 條。如「樨」「檆」上下字，「樨」字注：「木名，似松。《爾雅》又作粘。」「檆」字注：「上同，《說文》音尖，楔也。」餘者有：髡鬀。

此兩類表述語言結構類似，都在「上同」後標注《說文》音切。不過，此兩類音注並非《說文》許慎音。取反切法者，許氏時反切注音尚未發明，「某某切」自非出自許氏之手。取直音法者，「音某」不見於今本《說文》，如非今本竄脫，此音亦非許氏所注。如「檆」字今本《說文》但注「楔也。从木，㦻聲」，無「音尖」字，《廣韻》「《說文》音尖」非許慎音。

考之，此兩類音注於《說文》大徐音都可依托。同大徐音者如：「鉈」大徐「食遮切」，《廣韻》「《說文》本食遮切」，餘者有：「冰」「㰱」「刞」〔註15〕「榘」。輾轉亦同大徐音者有：檆，大徐「子廉切」，《廣韻》「《說文》音尖」，音尖即音子廉切；鬀，大徐注：「臣鉉等曰今俗別作剃，非是。他計切。」《廣韻》「《說文》音剃」，音剃即音他計切，《廣韻》有以俗字為正字注音之法（趙庸 2009），大徐既以「剃」為「鬀」之俗寫，故《廣韻》注「《說文》音剃」。

「上同」後所稱《說文》音在文獻來源上相對晚近，可據以窺得《廣韻》編修者於字形關係的拿捏。（1）此兩類表述無用讀音辨別字形的一致取向，但仍有多數例子可做這樣的理解，如「冫冰」：

> 《廣韻·蒸韻》：「冫，水凍也。《說文》本作仌。筆陵切。」「冰，
>
> 上同，《說文》本魚陵切。」
>
> 《說文·仌部》：「仌，凍也。象水凝之形。凡仌之屬皆从仌。」

〔註15〕《說文》作「刬」，《廣韻》「刞」為俗形。

大徐注：「筆陵切。」「冰，水堅也。从仌，从水。」大徐注：「魚陵切。臣鉉等曰今作筆陵切，以為冰凍之冰。」

按：「仌」「冰」本各字，「仌」象水凝之形，即今「冰」字義，「冰」義水堅之態，即今「凝」字義，《說文》「冰」下有「凝，俗冰」句。故「仌」讀筆陵切，「冰」本當讀魚陵切，筆陵切為用作「仌」後改易的讀音。《廣韻》於筆陵切下出「仌」「冰」上下字，「冰」下注「上同，《說文》本魚陵切」，是《說文》音意在提示上下本二字，各有音讀，後人用「冰」作「仌」，遂成同字異形。此類餘者有：櫵檓、鱶犧、弣剅、矩榘、髟髳。

（2）此兩類表述上下字有的看不出明顯的正形與非正形的區別，如「鍦鉈」：

> 《廣韻·支韻》：「鍦，短矛。」「鉈，上同，《說文》本食遮切。」

> 《說文·金部》：「鉈，短矛也。从金，它聲。」大徐注：「食遮切。」

> 《方言》卷九：「矛，吳揚江淮南楚五湖之間謂之鍦。」

按：《說文》有「鉈」無「鍦」，《方言》有「鍦」無「鉈」，《廣韻·麻韻》視遮切下「鉈」「鍦㺍」上下字，「鍦㺍」注「並上同」，與《廣韻·支韻》相反。「鍦」「鉈」一為也聲，一為它聲，二聲上古均入歌丨部，「鍦」「鉈」當為上古已有之方言異寫，《說文》食船遮切與《廣韻》視禪遮切為吳地遺音，中古時期吳地聲母船禪不分，韻母支部字多留有麻韻讀。大徐食遮切蓋據《方言》郭璞注「嘗禪蛇反」及是時吳地實際讀音。《廣韻》「鉈」字注「上同，《說文》本食遮切」，非謂「鉈」為「鍦」之正。此類餘者有：矩榘。

（3）有些同字關係是後來形成的，與《說文》無關，如「弣剅」：

> 《廣韻·麌韻》：「弣，弓把中也。」「剅，上同，《說文》又方九切，刀握也。」

> 《說文·刀部》：「剅，刀握也。从刀，㕻聲。」大徐注：「方九切。」

按：《說文》有「剅」無「弣」，但並非「弣」字後起，《儀禮·大射儀》：「挾乘矢於弓外，見鏃於弣。」《禮記·曲禮上》：「右手執簫，左手承弣。」鄭玄注：「把中。」孔穎達疏：「弓末也。」「弣」從弓，合鄭注、孔疏、《廣韻》

注,「刟」從刀,合《說文》義,二字義近,均指把,僅弓、刀之殊。「弣」「刟」為上古已有之形聲字,「付」「缶」為聲符。付聲上古入侯部,中古三等上聲入麌韻,缶聲上古入幽1部,中古三等上聲入有韻。故「弣」字《廣韻》入麌韻,是,「刟」字當如大徐音方九切。然《廣韻》有韻方九切未收「刟/釦」字,將「釦」字附於麌韻「弣」字下,當是因「弣」「刟」義近且麌、有韻音近而混,也即二字的異體關係是後世形成的。此類餘者有:冫冰、樜櫼、䱤䱤、髦鬃。

總之,此兩類舉稱《說文》,並不是說其後的讀音就是《說文》時期的。這些所謂《說文》音對上下字並無以音別義、以音別字的主導意圖,不過據以做大概率推論倒也可行。涉及的字形關係及其形成模式較多樣,需做逐一考求。這些兼及注音的術語利用價值不像前四大類那樣一目瞭然,但仍是可見的。

六、小 結

通過對《廣韻》標注的與《說文》有關的同字進行考察,可得結論如下。

一、五類術語可據實際效用分作三大類。第一類術語為第一大類,「《說文》同上」「《說文》上同」用於引錄《說文》收存的同字關係。第二類術語為第二大類,「上同,見《說文》」「上同,出《說文》」用於提示《說文》字頭字形及其與習用字形的關係。第三、四、五類術語屬第三大類。第三類術語「上同,《說文》曰」「上同,《說文》云」「上同,《說文》」,第四類術語「上同,《說文》作此」「上同,《說文》本作」「上同,《說文》又作」,第五類術語「上同,《說文》某某切」「上同,《說文》音某」,均引《說文》及大徐注,專注點分別在漢字的義、形、音,都於辨明上下字的字形關係有助益。

二、《廣韻》用「上同」「同上」表示上下字的同字關係,具體實質涵蓋甚廣,包括一般的異體關係,正俗關係,籀文、古文、篆文等與時用字形間的歷時差異關係,等等。

三、《廣韻》用「上同」「同上」關聯上下字且言及「《說文》」,不一定指上下字在《說文》中有同字關係的體現。只有「《說文》同上」或「《說文》上同」是必然性的表達,如遇這兩個術語,通常《廣韻》居前的是《說文》正字,居後的是《說文》另寫。

　　四、「上同」和「同上」意思無大差別，不具有方向上的指向性。即兩個術語都表示上下字的同字關係，不區分上字與下字同，還是下字與上字同。總體而言，「上同」的使用較「同上」多得多，但「《說文》上同」「《說文》同上」反之。

　　五、《廣韻》在字形關係的處理上會理合時。除「《說文》同上」和「《說文》上同」外，其他術語《廣韻》基本都將當時行用更廣的字形置前，將《說文》字頭字形置後。原為各字的兩字或幾字後世在使用上混同了，《廣韻》便將它們關聯為同字關係。

　　六、本章涉及檢索的條目中，未見《廣韻》稱引《說文》而今本《說文》未見者，《廣韻》所引內容與今本《說文》合轍，《廣韻》「《說文》同上」「《說文》上同」條目對正字的認定與今本《說文》幾近完全吻合，據此可推測今本《說文》與《廣韻》所據《說文》面貌一致度很高。